MN       FOR       15/23  £3
          LANGE

FOLIO POLICIER

Jean-Bernard Pouy

# La chasse
# au tatou
# dans la
# pampa argentine

Gallimard

Prix du Polar 1989, Trophée 813 du meilleur roman 1992, prix Paul-Féval 1996, Jean-Bernard Pouy est un auteur inclassable, inventeur de génie de constructions romanesques rigoureuses, à la fois tendres et féroces, passionnantes et drôles. Il est aussi l'une des figures les plus remarquées du roman noir français contemporain. On lui doit notamment *La Belle de Fontenay, L'homme à l'oreille croquée, Nous avons brûlé une sainte, RN 86* et *Spinoza encule Hegel*, tous disponibles en Folio Policier.

## La chasse au tatou
## dans la pampa argentine

À 3 h 10, ils descellèrent une brique de plus et Albert, le plus gros des trois, essaya de passer dans le trou. C'était juste, il se tortilla beaucoup, la tête la première. Ses fesses accrochèrent un peu l'épaisseur du mur mais son pantalon de cuir ripa sur le ciment séché, et il se retrouva à l'intérieur des caves de la Solfravig, filiale française de la Solvig, le numéro 1 de l'analgésique. Michel et Sepp passèrent, facilement, après lui.

Là, dans le grand silence des entrepôts souterrains, rieurs, fiers d'une semaine de travail intense, ils se serrèrent la main pour se féliciter de la bonne réussite de la partie la plus ardue du casse du mois.

Plus haut, dans une des pièces de l'usine, il y avait en effet une petite chambre forte, fermée par une serrure de sécurité de type Klakfol 1956, un système un peu désuet qu'Albert connaissait par cœur, qu'il pouvait, à ses dires, ouvrir avec sa bite et son couteau, lui que l'on nommait depuis vingt ans, dont dix de Fresnes, *Albert-doigts-de-fée*. Et derrière cette porte simili-blindée, Michel, livreur pharmaceutique de son état, avait vu, de ses yeux vu, dix jours avant, les soixante kilos de cocaïne-base à partir desquels la Solvig allait fabriquer trois millions de doses de Solvigaïne, anesthésiant puissant permettant à de nombreuses grosses de ne pas morfler de la ponte de leurs nains par péridurale et à un maximum de mangeurs de caramels de pouvoir, avec le sourire, se faire fraiser à fond les molaires.

Tout ce paquet de farine allait servir aux trois gusses à se faire, eux, un paquet de pognon, après l'avoir refilé à différents revendeurs spécialisés dans le show-biz, les agences de pub et les couloirs de l'Assemblée nationale.

Pour arriver à ça, Michel et Albert avaient fait appel à Sepp, le spécialiste mondial de tout ce qui était égout, couloir de métro, catacombes et souterrain historique du onzième arrondissement. Donc, en bas, dans les caves, hilares, se serrant toujours les pognes d'une manière convulsive, trois mecs différents. Mais pas tant que ça quand on sait qu'ils fréquentaient, depuis douze ans, le plat du jour de madame Martine, gérante du Souï-Manga, rue Popincourt.

Les parmesanes aux chicons, la morue à la purée de céleri, arrosés de côtes-de-sabran, ça crée forcément des liens. Les gastrites chroniques en découlant, créant, elles, les conditions objectives de la chute dans l'illégal à tous crins.

Bref, les trois costauds du Samedi soir avaient investi l'égout Amelot/22, et au burin, hardi petit, ils avaient tapé à l'endroit choisi, obligatoire et conseillé par Sepp. Un vrai travail d'orfèvre en taille douce. Un respectable tas de briquettes avait été enlevé pour laisser passer leurs précieuses carcasses et trois sacs Fnac grande taille dans lesquels ils pourraient transbahuter ce qui allait leur permettre de ne plus bosser jusqu'à la fin de leurs jours, à bas le travail, de dire merde aux patrons et aux syndicats, de s'abonner à leurs revues préférées et d'aller en ouiquinde à Marbella contempler les nibards de Stéphanie de Monaco.

À pas de loup, ils franchirent plusieurs portes coupe-feu dont deux étaient munies d'une dérisoire alarme électrique de type Dictator 75, modèle 44D, qu'Albert se farcit à la lame de rasoir en rigolant doucement et en déplorant le manque d'imagination ou d'argent des responsables de la Solvig, qui, sous peu, allaient être eux-mêmes anesthésiés d'un bon tas de pognon.

Alors ils se mirent à courir sur le lino, aidés par le silence chuintant de leurs espadrilles, franchirent plusieurs bureaux plus ou moins sicobeux jusqu'à la salle finale, dernier rempart vers leur bonheur tout poudreux.

L'acier du chambranle était bien réglementaire, la poignée pivotante était bien conforme aux normes, des traces de doigts de style pharmaceute en maculaient bien le rebord ventru 1950. Albert soupira d'aise et sortit ses poinçons spéciaux, fabriqués par lui-même sur un tour Mécabroc dix vitesses appartenant à son frère aîné, garagiste décédé des suites d'un lumbago en pleine face ouest de la Meije, deux ans auparavant. Il observa longuement l'intérieur des quatre couvertures, trois en triangle, une, plus grosse, au milieu, cherchant la modification sauvage ayant pu y être installée par un bricolo de ses deux, ne vit rien, déclara que c'était tout bon, que ça baignait et qu'il allait même en profiter pour leur faire leur éducation, étant donné que tant qu'on ne savait pas ouvrir une porte, on était un pédé.

Albert n'aimait pas beaucoup ça, les pédés, chacun a ses limites, ça aurait été trop difficile de lui faire comprendre le pourquoi de la chose, et personne n'avait jamais osé lui dire que Sepp était bi, et même tri, ce qui faisait rêver beaucoup de monde, cela dit entre parenthèses.

Albert installa ses trois poinçons dans les trois trous extérieurs, les tournant chacun selon un angle précis, et il sortit un tournevis plus gros, le brandissant doctement devant ses potes.

— Vous qui n'êtes jamais sortis de votre banlieue à la noix, je vais vous raconter comment moi, Albert, j'ai chassé le tatou dans la pampa argentine, le tatou, oui, ce petit animal à la carapace aussi dure que la bidoche de la mère Martine, mais dont la chair est succulente, surtout grillée au feu de bois d'eucalyptus...

— Ça doit donner du goût, l'eucalyptus... dit Sepp, sensible à la poésie de son copain.

— Ta gueule ! Donc, le tatou, dès qu'il est entré dans son trou, il met ses pattes griffues, comme ça, en travers, et là, macache pour le faire sortir, t'as beau tirer comme un âne sur la queue...

— Et alors ? émirent conjointement ses deux acolytes, émerveillés de découvrir en Albert un nouveau Conrad.

— Alors ? cria le nouveau Lord Jim en brandissant, bien en l'air, son doigt du milieu, c'est-à-dire son médius. Les autres lui firent signe, un petit doigt, l'index, devant leur bouche, d'y aller mollo avec la gueulante.

— Eh bien, on attend un peu et CRAC, on lui enfonce, d'un seul coup, le doigt dans le cul ! Le tatou, sous la surprise du truc, il se recroqueville, et hop, tu le tires, tu le tues et avec sa carapace, tu fais une guitare !

— C'est pas des guitares, c'est des charangos, osa Sepp.

— Ta gueule, gronda Albert qui se retourna

vers la porte blindée, furieux que sa petite histoire n'ait pas plus impressionné ses compagnons dont tout le désir exotique ne se situait
qu'aux alentours de la rue Gabriel-Péri, à Vitry-
sur-Seine.

— Eh bien, regardez-moi, à cette serrure, je
vais lui faire le coup et la porte, elle va me venir
dans les doigts, toute seule. Comme un tatou...

Il enfonça le tournevis et le tourna d'un coup
brusque.

Un concert tonitruant de sonneries et de
sirènes de style Samu se déclencha aussi sec.

— Merde, dit Albert. Ah les pédés !

Ils se mirent à cavaler comme des fous, retra-
çant le chemin inverse sur des linos subitement
devenus sinistres et glissants. Derrière eux, au-
dessus, de tous côtés, ils entendirent des voix,
des coups de sifflets, des portes qui claquent,
des cavalcades de style vigile. Tout ça n'était
pas très grave, après tout, une fois dans les
égouts, bernique pour les retrouver... Mais il
fallait faire fissa.

Après avoir battu, à trois, le record du quatre
cents mètres en couloir d'entreprise, ils arri-
vèrent devant le mur, devant le trou, devant la
sortie. Michel et Sepp passèrent les premiers, en
sueur, faisant crisser les briques et voler la fine
poussière de ciment. Albert, les pieds en avant,
se glissa à son tour dans le trou et, juste au

milieu, se coinça. Il agita les jambes comme une énorme grenouille dépassant de la gueule d'un prédateur tout en brique. Ils eurent beau tirer sur ses cannes comme des fous, rien n'y fit. De l'autre côté, étouffée par ce gros tampon de chair, la voix énervée d'Albert leur parvint, leur conseillant de se magner, la masse intellectuelle et écumante des vigiles approchant à vitesse grand V.

— C'est pas vrai, gémit Sepp, il était passé, tout à l'heure, pourtant !

— Il a gonflé, dit Michel, très concentré.

— Tu déconnes ou quoi ?

— Non. C'est l'angoisse. Avec l'angoisse, on gonfle. J'ai fait médecine. Un an seulement, mais ça compte. Il est en train de nous faire un œdème de Quincke.

— N'importe quoi...

— Si on attend qu'il se dégonfle, on en a pour trois plombes...

— On va pas le laisser là, merde...

— Y'aurait bien une solution, dit Sepp.

— Ah ouais ?

Sepp leva son doigt du milieu, autrement dit le médius, et chuchota :

— Le tatou.

## La loi du talion, jurisprudence

Quand Gaspard, dans le grand hall d'Orly Sud, apprit, vers les vingt-deux heures, alors qu'il était là, avec la centaine angoissée et consternée de gens qui campaient avec lui pour la même raison, que l'avion était tombé, maintenant c'était sûr, quelque part en plein Sahara, il alla s'asseoir sur une des banquettes de moleskine où déjà quelques gosses reposaient.

Sa tête bourdonnait et même s'il pleurait silencieusement, ça faisait un bruit, en lui, terrible. Beaucoup plus fort que les cris de douleur qui éclataient çà et là, plus fort que les invectives et injures qui fusaient dans la foule, plus fort que les crises nerveuses éclatant par endroits.

Gaspard avait la tête remplie de l'image de sa femme et de son fils et ne put s'empêcher d'imaginer leurs visages pendant que l'avion piquait du nez, et les gestes qu'ils avaient dû faire, peut-être Solange l'avait-elle serré contre elle, peut-être lui avait-elle bouché les oreilles pour qu'il n'entende pas les hurlements, les prières, les imprécations, elle avait sans doute enfoui la petite tête du garçonnet dans sa poitrine, au chaud, et qu'est-ce qu'un petit garçon de quatre ans pouvait bien comprendre à tout ça, pendant les quelques secondes que ça avait duré, pour lui c'était sans doute la fin des vacances, une fin comme une autre, et elle, Solange, n'avait sans doute pas eu le temps de penser à autre chose que ce que pouvait bien vivre son fils, elle n'avait sans doute pas du tout pensé à lui, Gaspard, qui attendait à l'aéroport, pas pensé à son angoisse, pas évalué du tout son malheur futur.

Il pleurait toujours quand il vit les caméras d'une équipe de télévision, pas loin, qui avait réussi à circonvenir en direct un couple effondré de vieilles personnes. Gaspard s'éloigna pour éviter à tout prix ce genre de rencontre, et se dit qu'il était prêt à tuer, dans un moment pareil, prêt à foutre sur la gueule du journaliste, du cameraman et du monde entier, d'ailleurs.

Il marcha longtemps, arpenta le hall dans tous les sens, se laissa aller à sa douleur, lui permit enfin de le submerger le temps qu'il faudrait, autour de lui, il ne voyait que des gens dont le visage ruisselait, puis il se força mentalement à dresser une sorte de liste de tout ce qu'il avait à faire, des quelques coups de téléphone terrifiants qu'il avait à donner, ses parents, ceux de

Solange, un ami pour qu'il vienne le chercher. Il se surprit à penser que, pour la baraque dans le Perche, ça allait être le bordel, elle était au nom de Solange et ils n'étaient pas mariés, et puis il pensa à la cassette vidéo de Dumbo, la préférée du petit Pierre, et il éclata en sanglots.

Cette déambulation désordonnée dura au moins une heure. Un temps énorme, distordu. Gaspard se dirigea enfin vers le bureau de la cellule d'urgence, mise en place entre-temps. Quand il donna aux employés noms, adresse et objets usuels qui pourraient faciliter l'identification des corps, si jamais on les retrouvait, il eut encore envie de tuer le type qui se voulait le plus anonyme possible, qui se forçait à la froideur sans doute pour abréger ce genre de conversation et d'enquêtes douloureuses.

Gaspard s'était arrêté subitement de chialer, sans doute parce que trop de gens pleuraient autour de lui, quelqu'un avait eu une attaque, une équipe médicale venait d'arriver en pompe avec tout le matériel de réanimation. On lui demanda aussi s'il avait besoin d'une quelconque assistance, médicale ou… Son interlocuteur ne parvenait même pas à prononcer le simple mot de «psychologique».

Et quand Samuel est arrivé pour le ramener à Paris et le prendre sous sa coupe, lui non plus ne sut pas trouver les mots et préféra laisser couler ses propres larmes.

Et quand le type à casquette, à la sortie du parking, les fit chier sous prétexte que le ticket n'allait pas, Gaspard eut à nouveau envie de le tuer, ce con.

Et il ne dit plus un mot pendant tout le trajet sur l'autoroute, prostré contre la glace de la portière, la tempe posée contre la ceinture de sécurité.

La prostration de Gaspard dura à peu près une semaine. Il logea chez Samuel qui fut ce qu'il fallait être. Léger et présent à la fois. Réglant certains détails pénibles et le laissant en assumer d'autres. Pas le genre à dire, viens, on va se changer les idées... Plutôt le genre à faire en sorte que la bouteille de vodka, dans le gigantesque frigo, soit toujours pleine. Plutôt le genre à la planquer, la bouteille de vodka, quand la boîte de tranquillisants était dans les parages. Gaspard ne pouvait détacher ses yeux de la télé, des infos, comme s'il voulait se repasser mille fois et mille fois le même drame dans sa tête, et ce n'était pas tant les états de l'enquête qui le passionnaient, c'était plutôt la tête du présentateur parlant de l'attentat du DC 10, cette tête que Gaspard auscultait avec avidité, tentant de repérer l'ennui, la disparition progressive du drame, tentant de chercher quand cet événement perdrait de son acuité dramatique pour acquérir tout simplement le rang de souvenir, difficile certes, mais souvenir quand même.

Pour voir si, en lui, naîtrait la même chose.

Souvent Gaspard eut envie de le tuer, ce type, surtout quand il disait : et maintenant, *sans transition*, nous allons à Roland-Garros…

Dans les journaux, les articles raccourcirent. Peau de chagrin. Ce chagrin qui ne quittait pas la peau de Gaspard.

Pour la première fois depuis longtemps, son éditeur l'appela, l'assurant de ses pensées dans cette terrible épreuve, et offrant son appui de véritable ami, même si… Gaspard eut envie de le tuer, mais resta poli et sobre, il ne serra que convulsivement le combiné du téléphone. Il avait publié cinq livres chez lui, qui ne s'étaient que peu vendus, ce qu'on nomme pudiquement un succès d'estime, justement cette estime que tentait de lui porter à présent cet éditeur fantôme, mais en tout cas des textes qui avaient recueilli des critiques attentives au difficile projet littéraire de leur auteur. Et Gaspard eut, un court instant, la désagréable impression que l'autre pouvait en jouer, de son malheur, mais cette idée fut chassée justement par le malheur lui-même.

Deux mois après, Gaspard allait un peu mieux, ses proches étaient rassurés, pas de suicide dans l'air et pas de déchéance apparente. Son drame était toujours en lui, mais ça...

C'est pourquoi Samuel retomba dans une légitime inquiétude quand il s'aperçut que Gaspard avait vendu tous ses biens, il ne lui restait qu'une valise, les deux maisons lui avaient rapporté une coquette somme, qu'il vivait à l'hôtel, disparaissant pendant la journée on ne savait où. Samuel compta sur une remise en question totale de son ami, un redémarrage à zéro, l'arrêt de cette envie permanente de toujours vouloir tuer quelqu'un qui ne respectât pas sa peine, peut-être un cahier et un stylo, et tous les bars de France et Gaspard continuerait peut-être à écrire, loin de tout ce qui pourrait toujours lui rappeler sa femme et son enfant disparus.

Et quand, un jeudi soir, avec la France entière, Samuel apprit l'assassinat de Le Mouel, le leader d'extrême droite, lors d'une garden-party privée en Vendée, l'assassin ayant pour l'instant échappé aux recherches de la police et des militants, Samuel eut une curieuse impression, mais qui ne dura pas longtemps, car le téléphone sonna. Il crut d'abord à une blague quand Gaspard lui dit que c'était lui l'assassin qui venait de faire vaciller la France, et puis il le crut immédiatement, ça lui paraissait à présent évident que c'était lui, quand Gaspard lui expliqua que, quitte à partir, autant partir en beauté, ce serait ça son importance historique et sociale. Samuel, muet de saisissement, apprit que son ami comptait désormais sur lui pour tenter de gauler tout le pognon qui ne manquerait pas d'affluer chez l'éditeur, ses petits livres allaient enfin se vendre, il lui envoyait une lettre de pouvoir pour cela, et tout était arrangé d'avance.

Et c'est Samuel qui, pendant une quinzaine de jours, fut rivé à sa télé pour assister au bordel général que son ami avait généré.

Gaspard avait tout de suite revendiqué son attentat, assumant également son droit à l'erreur, toute cette violence un peu aveugle, mais tentant de moraliser le débat avec des arguments du genre un mort maintenant en évitera sans doute des milliers plus tard, regardez ce qui se passe autour de vous dans le monde, et puis il ne fallait pas trop verser de larmes de crocodile, le passé de Le Mouel étant passablement chargé.

Bien évidemment, les médias se vautrèrent sur le drame récent de Gaspard, on tenta même de rapprocher les deux événements, et surtout sur son activité d'écrivain. Ses livres furent décortiqués, cités, il se trouvait toujours une phrase, çà et là, pour annoncer le drame, les ventes grimpèrent en flèche.

La police avait perdu totalement sa trace, même si elle avait retrouvé celui qui lui avait vendu les armes, un type du milieu, et l'on sut alors que Gaspard avait des munitions pour remplir son Beretta pendant un bon moment, sans compter deux grenades défensives. On apprit également très vite, par des témoignages assez spontanés, qu'il avait au moins deux autres identités et l'enquête embraya sur les fournisseurs de faux papiers.

Les psychologues de service prévirent qu'il tuerait encore au moins une personne, ayant perdu deux êtres chers dans l'accident d'avion, il devait avoir «l'intention de se payer sur la bête»... Samuel reçut deux fois, chez lui, des enquêteurs de la BRI et fut convoqué une fois au ministère de l'Intérieur où il rencontra une huile de la DST, une huile qui semblait se frelater intensément. On bloqua le compte de Gaspard, comptant peut-être que, le jour où il viendrait quérir ses droits d'auteur, il se ferait prendre. On annonça à Samuel qu'on lui interdisait de toucher les droits de son ami.

Sans parler du bordel politique. L'extrême droite, sans son leader charismatique, s'étripait dans les affres de la succession et accusait le pouvoir d'avoir favorisé non seulement le meurtre mais la disparition du meurtrier. Le mot manipulation fut le terme le plus employé sur les ondes. On craignit ouvertement que le geste froid et pensé de Gaspard ne fasse des émules, son texte de revendication étant si bien écrit, si glacé et romantique à la fois. On pensa que certains condamnés, le sida entrant tout à coup dans ce genre de prévision, pourraient faire de même et décider, eux aussi, de partir « en beauté ».

Mais personne ne put mettre la main sur Gaspard. Des témoins le repérèrent en Italie. Deux fois. L'extrême droite en profita pour dénoncer les liens occultes et étroits qui unissaient le pouvoir en place à l'Élysée et la Mafia. Mais Gaspard passa entre les mailles du filet et, petit à petit, ces drames successifs furent remplacés, dans l'attente angoissée et paranoïaque des gens tranquilles, par d'autres rôles, bien plus préoccupants, bonnes odeurs de guerre, fumets de massacre, fragrances de solutions presque finales. Du tout venant, quoi.

Jusqu'au jour où le manuscrit arriva chez l'éditeur. Un petit texte, court, froid, incisif, lumineux de Gaspard. Expliquant, très minimaliste, sa traque, sa fuite, sa douleur toujours incommensurable, et décrivant par le menu la fin prochaine de sa vie, comme Empédocle, son héros, son maître. Mais ce n'était pas dans l'Etna qu'il annonçait se jeter, trop haut, trop difficile d'accès, mais dans le Stromboli. Après tout Solange ressemblait un peu à Ingrid Bergman, écrivait-il texto.

Sur place, dans une petite maison louée par un certain Jacques Simard, on retrouva effectivement les affaires de Gaspard, le manuscrit de son texte et la machine à écrire ayant servi à la frappe définitive. Des touristes allemands ramenèrent des vêtements lui appartenant, qu'ils avaient trouvés à moitié enfouis dans la cendre, près du cratère.

Le mythe de Gaspard battit son plein. Beaucoup trouvèrent son geste ridicule dans sa théâtralité. Les psychologues de service pérorèrent en disant qu'il y avait bien eu deux morts. Le livre parut et se vendit bien, mais pas autant que l'éditeur l'aurait souhaité. La fin de Gaspard n'avait pas été suffisamment spectaculaire, pas assez saignante, en tout cas.

Samuel, toujours surveillé par la BRI, sut que les enquêteurs trouvaient tout ça au moins aussi irréel que lui.

Mais le temps passa, lassa, tassa.


Aussi, quand, un an après, une grenade dévasta les locaux parisiens du Mouvement social international, la réunion des groupes fascistes européens, Samuel fut inexplicablement troublé. L'attentat, qui avait fait un mort et de nombreux blessés, ne fut pas sérieusement revendiqué.

Et le lendemain, Samuel reçut une lettre, postée d'Orly. À l'intérieur, il n'y avait qu'une coupure de presse. Celle relatant l'accident d'avion, deux ans auparavant, dans lequel avaient péri Solange et le petit Pierre.

Le titre, «122 MORTS», était souligné en rouge.

# *Péage*

Elle avait mis trois jours, avec sa petite scie de ménage, pour couper les deux canons superposés du fusil de chasse. Ce n'était pas pour faire systématiquement comme dans les téléfilms, mais, ainsi, il pouvait tenir bien à plat sur ses genoux, quand elle était assise dans la cabine, et même les routiers, du haut de leur perchoir chromé, ne pourraient l'apercevoir.

Et elle était à bout. Au bout, aussi.

Là, au péage tranquille de Roncilly.

Ce soir, à 23 heures, pourquoi 23, parce qu'elle les avait, les 23 printemps, et c'était plutôt un paquet d'hivers et il n'y avait plus de raison pour que ça change.

Elle était dans le sens Paris-province, Marcelline se chargeait de l'autre sortie, à l'autre bout du terre-plein éclairé en bleu électrique par d'anémiques néons, c'est elle qui se cognerait les harassés, les laminés, les abrutis par le kilométrage, ceux qui n'ont plus la force de draguer et de plaisanter, malgré la joie intense d'être enfin arrivés à bon port.

Mais elle, elle se taperait les véhéments, ceux qui n'ont pas encore la tête embrumée par le ruban, ceux qui sont encore excités par l'idée même d'avoir été à Paris, par le plaisir innommable de la bagnole du vendredi soir, ceux qui croient toujours partir pour l'île du Pacifique, alors qu'ils ne regagnent que leurs fermettes aménagées Ikea dans la plaine de Melun. Ceux qui laissent tout derrière, la semaine, le boulot, le bon goût, les bonnes manières, l'intelligence. Qui en profitent. Et qui sert d'exutoire à tant de dérisoire bonheur, à tant de violence contenue ? Bien sûr, elle, la petite nana, toujours la même, tu sais, la brunette aux yeux un peu jaunes, coincée derrière sa vitre de plexi, qui doit sourire pour faire croire que ce monde-là, cette cosmogonie autoroutière n'est pas aussi déshumanisée qu'on veut bien le dire, et qui doit être toujours aimable pour leur faire oublier, à tous ces hommes transformés en volants tièdes, qu'avant on leur avait dit qu'un jour, tout ça serait gratuit.

Et ce vendredi soir, elle le savait par habitude, la tension monterait d'un cran, comme une vitesse enclenchée rageusement. Parce que c'est comme ça. Depuis deux ans.

Et c'était bien comme ça.

C'était bien pour ce qu'elle avait à faire.

Il y en aurait bien un, dans le tas, qui lui dirait les mots magiques. Elle laisserait filer les «j'peux avoir un ticket, mademoiselle, merci, vous êtes charmante», les «tiens, ça a encore augmenté», les «bon courage» (qu'est-ce qu'ils en savaient, ces cons, du courage?), les «excusez-moi, je n'ai pas de monnaie», les «pour vingt francs, vous prenez la carte bleue? non? et on fait comment, alors?» (plus l'œil obligatoirement égrillard)...

Elle fermerait l'âme et les yeux sur l'exhibo de service qui paie, la braguette ouverte, et qui compte sur la vue plongeante de la petite et frêle caissière, elle ne risque pas de descendre de sa cahute, sur le moite habituel qui, lui tendant son bifton, en profite pour lui caresser la main, sur le paternaliste qui ne peut pas s'empêcher de vali- der sa mauvaise conscience en lui offrant ces petits cadeaux, plus nuls tu étouffes, ces choco- lats qu'elle ne mangera jamais, cette revue fémi- nine toute gondolée qu'elle n'osera pas feuilleter ou l'affreuse madeleine aplatie par l'inconfort d'une puante boîte à gants...

Non, le premier, à partir de 23 heures, qui lui dirait, la gueule enfarinée, et ça ne manquerait pas, «Ah, ça doit être dur, votre boulot, coin- cée là tout le temps!», ceux-là, elle les haïssait, qu'est-ce qu'ils avaient l'intention de faire, une fois qu'ils s'étaient ainsi dédouanés, qu'est- ce qu'ils POUVAIENT faire? Au moins, ceux qui lui proposaient directement des cochonneries, elle pouvait être sûre qu'à son hypothétique acquiescement, ils fourniraient, il n'y aurait pas de tromperie sur la marchandise. Tandis que tous ces salauds qui la plaignaient, la petite ouvrière, qu'est-ce qu'ils pensaient faire de ce gaz d'échappement dont l'odeur colle au corps, dans la baignoire elle semblait même voir des irisations d'essence miroiter sur l'eau chaude, entre ses genoux ? Qu'est-ce qu'ils savaient de la mobylette poussive qui la ramènerait dans le F3 de Melun, vide depuis la mort des parents, eux ne l'avaient jamais vu, le péage, ils s'étaient éparpillés avant, dans la grande nappe de brouillard, dans l'idée improbable et vaguement clownesque d'un carambolage ? Qu'est-ce qu'ils comptaient faire, ces ahuris, pour toutes les copines qui étaient parties, engrossées ou amoureuses, et pas forcément en même temps ? Qu'est-ce qu'ils pouvaient faire de cette haine de tout ? De cette haine de la nuit, des camions, la haine de cet argent qui salissait les doigts, de ces cartes perforées qui disaient sur les trous ce qu'ont les gens dans la tête. La haine de toutes ces journées lumineuses où elle dormait, épuisée. Et la peur de changer, de dire non, d'envoyer tout balader. Est-ce qu'ils pouvaient comprendre le plaisir inouï qu'elle éprouvait à la lecture patiente de tous ces livres où l'on disait qu'être fou c'était terminer sa vie au chaud, entre quatre murs blancs et silencieux, avec plus rien à faire qu'à compter les herbes du gazon ?

Ce soir, elle allait en allumer un, le premier qui…, elle allait l'éparpiller, sanglant, dans son cercueil à roulettes, elle allait le perforer comme une carte, juste retour des choses, et après, devant les flics, face aux psys, eh bien, elle ferait des bulles avec la bouche en disant groin groin et ils la rangeraient à perpète dans une grande maison à la campagne, ils l'abrutiraient de médicaments, le Tranxène elle connaissait, ça faisait vraiment du bien, les nerfs qui deviennent mous, sans espérance, et la vie coulerait alors simple et douce, une vie un peu diaphane, sans pot d'échappement, sans capot brûlant, sans skaï froissé, où la lumière serait sans odeur, blanche, fixe, plus jamais clignotante.

Marcelline, à travers le ronronnement décervelant des moteurs au ralenti, n'entendit qu'à peine les détonations. Mais elle s'inquiéta au son ininterrompu du klaxon de la voiture arrêtée devant la cabine de Léa.

Et quand elle la vit, un fusil à la main, partir à pied sur le grand terre-plein d'asphalte, éclairée jusqu'à la taille par les phares des voitures, elle comprit que quelque chose clochait. Mais elle n'osa pas quitter son poste pour aller la rejoindre. La file des bagnoles qui attendaient était trop importante. Et Marcelline détestait le son des klaxons, ça la rendait folle, le type à la con qui appuie sur cette sorte de trompette de l'enfer, elle serait tout à fait capable de le bousiller sur place.

## *Ah, que la montagne est belle !*

Les chasseurs étaient arrivés juste au moment où le soleil avait montré son gros pif rouge derrière la montagne.

Marcel, lui, s'était levé en pleine nuit, avait trempé une rondelle de saucisson dans son café, et avait engosié un petit verre de liqueur d'amande, celle que Joseph faisait, même qu'il n'avait pas le droit. Puis il avait enfilé sa vieille paire de godasses toutes huileuses (cirées à la graisse de canard), avait jeté sur ses épaules douloureuses un manteau de velours noir datant au moins de la dernière et avait cherché, dans le tiroir rempli d'ail violet et d'oignon rouge, ses jumelles de marine. Car Marcel avait été marin, il y a longtemps, son dernier tas de rouille, le *S. S. Nostromo*, avait coulé dans les Célèbes, pendant la guerre japono-amerlocaine. Maintenant, ici, dans la montagne, il ne pouvait plus faire trempette que dans les bons verres de rouge qu'il se jetait derrière la peau du cou, vers le soir, en regardant les lucioles tourner autour de la lampe mazda cent ouates.

Marcel était sorti en pleine nuit et, connaissant le chemin par cœur, n'avait pas eu besoin de la lune pour monter sur la colline aux Noyés, appelée comme ça depuis le jour où un imbécile de la mairie avait fait une faute d'orthographe, car c'était des noyers qu'il y avait là-haut. Avant. Maintenant, il n'y avait que de l'herbe haute et des buissons piquants, un vrai circuit de motocross pour chèvres.

Marcel n'avait pas eu besoin de mettre son béret, vu qu'il dormait avec.

Il avait attendu le lever du jour et, dans les deux ronds piqués de ses jumelles, avait vu les chasseurs arriver. Ceux-ci s'étaient vomis de leurs berlines toutes neuves, habillés comme des bidasses partant au casse-pipe, l'air mauvais et dangereux, la clopobec. Marcel pensa qu'ils ressemblaient plutôt à des feuilles de salade restées trop longtemps dans un cageot. Il vit les fusils luire, dans le petit matin, autant que de la rosée d'automne. Vu l'arsenal déployé, les lapins avaient intérêt à rentrer leurs oreilles, les grives à cesser leurs conversations de demi-mondaines et les sangliers à renoncer à leur jogging matinal. Mais le vieux savait qu'aujourd'hui ces crétins déguisés en rambeaux de province ne venaient ni pour les lapins, ni pour les grives, ni pour les sangliers. Ils venaient pour lui. Et pour Joseph. Ils venaient s'emparer du trésor, vinguieu.

Après, ils les tueraient peut-être… Et personne ne s'en rendrait compte, les deux pépés habitaient loin dans la montagne, et nul ne venait jamais les voir. Le facteur passait une fois tous les mois, juché sur une pétrolette qui faisait autant de bruit qu'un Mirage 4, pour leur apporter le journal du retraité, celui où y'avait les derniers quotas de pension, que les deux vieux ne touchaient jamais, vu qu'il fallait descendre à la ville. C'est comme ça qu'en bas, certains se demandaient de quoi ils vivaient. C'est le même facteur qui avait descendu Lucien, un jour, au village, et qui était remonté deux heures après pour leur dire que leur vieux copain était claboté à l'hôpital.

À la gueule du préposé, Marcel et Joseph, qui avaient oublié d'être des crétins, s'étaient rendu compte que le Lucien avait dû forcer sur le jus de raisin et subséquemment raconter plein de conneries à tout le monde, des histoires de trésor par exemple. Et il y avait forcément des mauvaises gens qui avaient pensé que, là-haut, dans la montagne, il y avait de quoi devenir riche, très riche, puisque les pépés n'avaient apparemment pas besoin d'argent. Et ces gens-là étaient enfin arrivés.

Marcel compta les chasseurs : ils étaient une dizaine et n'avaient pas de chiens. C'était donc qu'ils ne voulaient pas se faire remarquer et avaient plein de saletés dans la tête, comme des poux, mais en dedans. Il reconnut même le facteur dans le tas. Bien sûr… Pourquoi hésiter ? Il se retourna et regarda un peu plus bas, vers le village, les maisons de pierre noire, abandonnées, sauf la sienne où Joseph était venu s'installer depuis le départ de Lucien, comme ça, le soir, au coin du feu, ils pouvaient se raconter des histoires à dormir debout pour moins s'ennuyer et justement pour ne pas dormir.

Marcel agita son mouchoir blanc. Comme ça Joseph était prévenu.

Et content, car enfin quelque chose se passait au village.

Ça faisait deux mois qu'ils attendaient…

Une grosse pierre presque ronde surplombait la pente juste au-dessus des chasseurs. Marcel, en rigolant dans sa moustache, d'un coup de talon, la fit dévaler. Dans le petit matin rose, la caillasse roula et roula, dévala la montagne, allant de plus en plus vite, fonçant droit sur les bagnoles. Elle percuta direct une airevin, faisant voler le pare-brise et césarisant la portière avant. Les chasseurs se mirent à gueuler, à lever leurs fusils, à montrer le haut de la colline où il y avait une silhouette qui sautillait de joie. Ils épaulèrent et tirèrent. Peut-être que le bruit effraya dix mille lapins, cent mille grives et deux sangliers, mais Marcel eut une vieille trouille quand les plombs sifflèrent à ses oreilles. Il décampa et, malgré sa jambe raide, revint au village à grande berzingue, comme s'il avait le feu à son caleçon.

Les chasseurs, fous de rage, grimpèrent la colline au pas de course. Leur chef, que l'on appelait Goldorak à cause de ses énormes chaussures et de son menton carré, était devant, criant à qui voulait l'entendre que ce n'étaient pas deux vieux débris qui lui faisaient peur, que le trésor valait la chandelle, et que s'il fallait les éliminer de la terre, ces vieilles branches pourries, lui ne se le ferait pas dire deux fois. L'avenir est aux jeunes ! il hurlait. À nous le pognon ! il rajoutait. En plus, ces vieux salauds, ils lui avaient bousillé-cassé sa caisse toute neuve, même qu'il était en train de la payer avec son tempérament. Tout le monde était d'accord, fallait pas toucher aux autos, on allait leur rentrer dans le lard, à ces vieux pépouzes.

Goldorak arriva le premier en haut de la colline aux Noyés, en sueur, le souffle rauque. Il attendit ses collègues qui, essoufflés, avaient mis plus de temps que lui à monter leurs gros bides et leurs genoux cagneux. Il regarda la vallée et aperçut le petit village de pierre tapi juste

au-dessus du torrent. Il lui sembla même apercevoir l'ombre d'un des vieux salauds qui se
glissait à l'intérieur d'une maison.

Goldorak chargea sa pétoire à canons superposés et se mit à courir sur le sentier pierreux
menant au village. Il débaula jusqu'au torrent et
s'arrêta net face à un petit pont de bois qui
enjambait le ravin où, dix mètres plus bas, cou-
lait une rivière un peu tumultueuse, pleine de
truites et de gardons, de chevennes et de hotus.

Mais là, il se méfia. Il était très con, Goldorak, puisqu'il était chasseur, mais un peu moins
crétin que les autres abrutis qui arrivaient derrière lui, les coudocors, en soufflant comme des
bœufs dans l'étable et qui étaient au moins aussi
cons que leur chef, vu qu'ils aimaient la corrida,
que Nimeno II était leur Einstein à eux et que
le pauvre, tè, à présent, il pouvait apprendre à
tricoter.

Faisant les gros yeux et la grosse voix, il joua
au chef et ordonna à un des chasseurs d'aller
sur le pont branlant.

Les planches de bois craquèrent mais tinrent
bon jusqu'au milieu. Le chasseur, pas vraiment
rassuré, grande envie de pisser, fut soulagé de
voir que le pont tenait bon. Il se mit à ricaner
bêtement quand il vit que, un mètre plus loin, le
pont était scié sur toute sa largeur. Tous ces
batemans à la gomme se marrèrent intensément

de la grossièreté du piège, bien digne de neurones ramollis et de synapses rouillées par l'âge. L'un d'entre eux, rigolant toujours ferme, contourna le pont et descendit en courant le petit chemin menant à la rivière. Clac, un piège à loup, avec des dents bien pointues, lui entailla à fond le mollet de la jambe droite.

Les hurlements de douleur du blessé n'empêchèrent pas Goldorak de lever le poing vers le village, de l'autre côté du torrent, et de cracher par terre avec haine.

Derrière un vieux rideau de dentelle jaunie, Marcel et Joseph, sérieux comme des papes, avaient assisté à la première déconfiture des attaquants. Les deux compères trinquèrent deux verres remplis de vin rouge épais comme du sang de poule.

— C'est pas Jean Ferrat qui aurait pensé à ça…

Puis ils s'embrassèrent affectueusement, en se tapant le dos, ce qui fit quelque peu voler la poussière.

Marcel prit sa canne et son vieux sac de toile : c'était à lui d'aller protéger le trésor, Jojo prit une vieille bouteille d'essence de térébenthine, son Opinel n° 9, un casse-dalle, pain et saucisse sèche, et se prépara comme pour un long voyage. Ils se serrèrent la main, avec moult signes de connivence dignes du capitaine Haddock.

Les chasseurs avaient remonté et consolé leur camarade blessé. Ils s'agitèrent beaucoup, essayant de fabriquer un brancard avec des attaches. Le chef Goldorak était très énervé par cette agitation qu'il jugeait stérile et digne de mauviettes du genre gonzesses. Le trésor n'attendait pas, ils avaient perdu une bataille mais pas la guerre et autres imbécillités du même tonneau.

Tous coururent jusqu'au fond du ravin, réussirent à repérer deux autres pièges qu'ils évitèrent, la joie au cœur, traversèrent la rivière en se mouillant les fesses et remontèrent la pente abrupte, en s'accrochant aux herbes et aux cailloux. La première maison qu'ils trouvèrent était assez abîmée, mais s'ornait encore d'une belle porte de bois. Un des chasseurs, le fusil à la main, balança un grand coup de tatane dans le chambranle. La porte s'ouvrit en grinçant, mais derrière, il n'y avait qu'un trou noir. Le chasseur tira un coup de fusil et entra dans la maison, suivi par deux de ses copains.

Marcel, pendant ce temps, avait escaladé les rochers situés derrière. Il était juste au-dessus du toit et de la cheminée branlante de la vieille maison de Lucien que les chasseurs venaient d'investir comme s'il s'agissait d'une casemate. Il entendit toute la vaisselle que l'on cassait, tous les meubles que l'on renversait. Tout en pensant que ça ferait du bois pour l'hiver, Marcel sortit de son sac de toile une grosse boîte en fer, avec Banania écrit dessus. Il pensa vaguement aux feux d'artifice d'antan, au village, quand il y avait du monde, des jeunes filles rigolotes, un boulanger insomniaque couvert de farine, un boucher végétarien, un postier que l'on appelait «l'Apéro» et un crétin de maire qui faisait des fautes d'orthographe.

Il alluma la mèche et jeta, en visant bien, la boîte rouillée dans la cheminée. Les autres, en dessous, allaient voir arriver un drôle de père Noël. Il y eut un bruit sourd, un choc ébranlant les alentours et une gerbe d'étincelles rouges et jaunes s'échappa des portes et des fenêtres. Marcel couina de plaisir quand il vit un des chasseurs sortir en courant, couvert de flammes crépitantes et colorées. Il rigola encore plus quand il pensa qu'il y en avait peut-être plusieurs, en dessous, criblés de morceaux d'assiettes. Puis il les vit sortir, un par un, quelques-uns bien ensanglantés, comme des poulets à la basquaise. Il y en avait même un, traîné par les autres, qui avait l'air d'être en train de bouffer son extrait de naissance. Il alluma alors une autre bombe qu'il lança plus loin, dans la ruelle. Un nuage noir dépassa une maison en grondant.

Les chasseurs encore d'attaque, fous de rage et morts de peur, se mirent à tirer dans tous les sens, comme s'ils étaient cernés par une armée de Mongols invisibles. Goldorak, lui, aperçut Marcel, pointa le fusil dans sa direction. La chevrotine cisailla un acacia juste au-dessus du béret du pépé, lui coupant net le rire, la chique et l'envie de jouer aux covebois. Un des chasseurs, voulant à tout prix rattraper le vieux qui essayait de courir, plus haut, vers la montagne, s'élança dans une petite rue pleine de vieux pavés et d'herbes jaunes. Il ne vit pas le fil de pêche barrant la rue, se prit les pieds dedans, et tomba sur des tessons de bouteilles cassées là par Joseph, même que ça lui faisait mal au cœur, à Jojo, de briser des bouteilles qui avaient connu une aussi bonne liqueur d'amande. Le chasseur, à quatre pattes, les mains, les genoux et la gueule en sang, se mit à crier comme un bébé qui vient de se faire un grobobo. Deux autres vinrent à sa rescousse, tentant de le relever avec précaution. Plus haut, Marcel tira avec fureur sur la corde tendue entre deux troncs de chênes verts. Derrière la maison en ruine, un pieu de bois tomba à terre. Le mur branlant frémit. Dans la ruelle, les trois chasseurs ne virent pas tomber l'énorme pan de pierres de basalte sur eux.

De l'autre côté du village, les événements s'étaient précipités : un chasseur avait trouvé la maison de Marcel. Tout content de sa découverte, il monta les marches du vieux perron, mit la main sur la vieille rambarde de fer. Que Marcel avait branchée sur le 220 trentampères. Il fit un bond de deux mètres en arrière, les cheveux dressés sur la tête comme des baguettes de tambour, transformé d'un coup d'un seul en guitariste rythmique punk. Un autre chasseur, se méfiant, enfonça la porte, entra dans la petite maison bien rangée, se mit à tout casser, les meubles et les assiettes, les chaises et la pendule et, en sueur, mort de soif, avala le reste du verre de vin laissé là par Joseph. Mais dans lequel Marcel avait ajouté une bonne dose de soude caustique. Le chasseur sortit en cavalant de la maison, les yeux comme des soucoupes volantes, et vomit tout son intérieur en se tenant le ventre. Un autre, courant dans tous les sens comme un malade, trébucha sur un de ses potes qui épongeait son visage noirci et boursouflé par les explosions, et se tira une décharge de chevrotine dans le pied, ce qui transforma sa botte en sandalette.

Ça, au moins, ce n'était pas de la faute des pépés.

Tout le monde était pratiquement hors de combat, sauf Goldorak. Évidemment. Les chefs envoient toujours les autres se faire casser la figure à leur place. Mais quand il faut y aller, faut y aller. Car les chasseurs survivants n'étaient pas d'accord entre eux et commençaient à se traiter de tous les noms, en particulier des noms comme… bon, ce n'est pas la peine de dire du mal des animaux exotiques et des homosexuels. Goldorak décida alors de continuer tout seul et de ramener ce trésor qui existait vraiment puisque les vieux le défendaient si bien. Il en profita pour traiter les autres de poules mouillées, ce qui était vrai car ils avaient traversé la rivière, mais ce qui était idiot car les poules ne savent pas nager.

Les blessés repartirent en sens inverse, emportant ceux qui ne pouvaient plus arquer et ceux qui n'arqueraient plus jamais. Ils voulaient reprendre les voitures et aller à l'hôpital le plus proche qui est quand même à cinquante kilomètres. Ils s'éloignèrent sur le chemin, petite armée toute tordue qui geignait, boitait, saignait, fumait, les uns soutenant ou traînant les autres, s'aidant des fusils comme de cannes. Une armée vaincue après la bataille. Des chasseurs qui venaient de se faire chasser.

Autour d'eux, les lapins, grives et sangliers rigolaient doucement.

Pendant ce temps, Marcel grimpait vers la grotte, son sac en bandoulière, à petits pas bien comptés. De temps en temps, il répandait quelques gouttes de liqueur de cassis-tomate sur le chemin. Derrière lui, Goldorak suivait le même chemin, en suant énormément, ozagué, se méfiant de tout, des arbres, des pierres, des herbes. Mais dans son œil, une nouvelle lueur était apparue. Il avait repéré les taches de sang sur le chemin. Il avait touché le pépé, qui, blessé, petit poucet de ses propres fesses à lui, le conduisait directo à la cachette.

Tout ça sous un soleil qui chauffait de plus en plus. Midi approchait, les insectes faisaient de plus en plus de boucan et les cigales agitaient leurs râpes à fromage.

La troupe d'éclopés, elle, était arrivée, tant bien que mal, jusqu'au sommet de la colline. Ils avaient tous mal à la tête, au genou, au bras, à la main, à la fesse, au pied. Ils étaient, comme on dit, rétamés. Pour un peu, ils en auraient pleuré. Mais quand ils virent, plus bas, leurs voitures qui brûlaient, ils poussèrent de vrais cris de désespoir. Leurs bagnoles ! Ils s'assirent dans l'herbe, serrés les uns contre les autres, ne sachant vraiment plus quoi faire et quoi penser, sinon regarder l'épaisse fumée noire qui s'échappait des carcasses noircies.

Cette fumée, Goldorak, inquiet, la voyait aussi. Il était arrivé devant l'entrée noire d'une grotte, une ancienne carrière, ou champignonnière, avec une grille énorme de fer rouillé, coincée, ouverte. Il était sûr que le trésor était là. Et le pépé aussi, les traces de sang s'égrenaient jusque dans l'entrée obscure de la caverne. Alors, à tâtons, le fusil pointé, il entra. D'abord, il ne vit rien et mit un grand moment à habituer ses yeux à l'obscurité. Et puis, tout à coup, il éclata d'un rire carnassier, un peu comme le grand méchant loup quand il voit la grand-mère.

Au fond d'une grande salle, il y avait une camionnette grise, poussiéreuse. Goldorak s'en approcha, il reconnut tout de suite le fourgon de transport de fonds que tout le monde avait recherché, deux ans auparavant. Des gangsters l'avaient braqué sur la nationale, plus bas dans la gorge, avaient descendu les trois convoyeurs et avaient disparu avec le camtar. Depuis, aucune nouvelle, ni du véhicule, ni du fric, sept cents bâtons, ni des bandits.

Il était là.

Goldorak eut un haut-le-cœur. Par la vitre avant, il venait d'apercevoir les cadavres décharnés de deux types. Il ouvrit la porte arrière du fourgon. Au milieu des billets éparpillés, un autre cadavre.

Goldorak s'empara d'une bonne grosse poignée de coupures en ricanant.

Derrière lui, loin, à l'entrée de la grotte, un

grincement. Il se mit à courir. La grille était fermée. Il tenta, en vain, de la pousser. Un gros bloc de pierre tomba, juste devant. Puis un autre. Et encore un autre.

Plus haut, Marcel et Joseph, patiemment, créaient l'éboulis.

— Dire que dans six mois, il va falloir toutes les remonter, dit Joseph à travers les chicots de sa bonne gueule édentée.

— En attendant, on va où ? rigola Marcel, en mettant sur son dos le vieux sac de toile d'où dépassaient les biftons de cinquante patates.

— On avait dit Macao…

— L'enfer du jeu… J'y ai loupé l'escale, en 34. Typhus… Ça va me faire tout drôle.

## Comme un lundi

Un lundi, vers onze heures, au moment vraiment le plus opportun, c'est-à-dire quand la circulation devient tout à fait inextricable, une sorte de tricot d'acier mouvant, une toupie de métal, la camionnette bâchée les avait jetés là. Ils ne savaient pas pourquoi ; pris efficacement en charge depuis l'Espagne, on les avait débarqués subitement, abandonnés tout à coup sans directives, comme des enfants adultes, sans appui, démerdez-vous, les espingoins. Ils savaient évidemment que tout était illégal dans leur voyage, ils étaient partis de Malpica à pied, de nuit, comme des contrebandiers, puis ils avaient pris le train de La Coruña jusqu'à Irún, presque en cachette, et c'est alors qu'ils avaient rejoint leur contact, à la gare, à une table pisseuse d'un buffet qui leur sembla pourtant une sorte de palace des *Mille et Une Nuits*, et puis le passage de la frontière, la veille au soir, silencieux, inquiets, cachés derrière les bidons, ils n'avaient même pas entendu d'aboiements de douaniers, et puis ils avaient senti, sous leurs fessiers endoloris, une longue route qui leur avait semblé droite, et on leur avait donné des papiers à Bordeaux, en France enfin, un peu de fric, une avance, avait dit l'homme à la casquette de cuir, on leur avait alors précisé leur port d'arrivée, Saint-Quentin, ils n'avaient pas compris, pour eux, hors du village, le monde était grand et inconnu, les kilomètres pouvaient s'additionner, tout ça c'était l'ailleurs.

Ils avaient tout de suite pensé qu'il avait dû y avoir un ennui, un changement de programme, un impondérable, leurs passeurs craignaient eux aussi la police, bien qu'ici, en France, il n'y ait pas de *Guardia Civil* donc ça devait toujours pouvoir s'arranger, et maintenant ils se retrouvaient dans une espèce de jardin rond et triste, un peu pouilleux, malgré un grand arbre tout en fleurs roses, un tulipier avait dit Juan, mais non, espèce de bourricot, avait rétorqué Enric, c'est un pêcher chinois, le troisième n'osant pas dire qu'il s'agissait d'un grand camélia, un square avec un jet d'eau au milieu, et quelques bancs, un peu de verdure totalement entourée de bagnoles, et tellement baignée d'odeurs d'essence qu'ils se mirent à tousser. Des immeubles, grands et modernes d'un côté, plutôt gris et lointains de l'autre. Tout autour, un maigre rideau d'arbres, comme si toute végétation était appelée, en ces lieux, à être bouffée menu par les gaz d'échappement. Ils se parlèrent longtemps, à voix un peu basse malgré le vacarme assourdissant qui les baignait, espérant que les gens qui les avaient transportés jusqu'ici reviendraient une fois leurs problèmes réglés, peut-être était-ce un changement de véhicule, tout simplement, les filières, c'est compliqué.

Au bout d'une heure, pendant laquelle, figés, ils s'étaient laissés saouler par le bruit, les puanteurs, toutes ces images filantes de voitures lancées dans une sorte de ronde infernale, toutes ces idées frémissantes d'une grande ville espérée mais qu'ils ne savaient pas comment saisir, ils décidèrent de bouger et, s'emparant à pleines mains de leurs valises bardées de ficelles et de tendeurs effilochés, ils tentèrent plusieurs fois de traverser. C'étaient trois petits hommes trapus, poilus et courtauds comme sont les hommes de Galice, ceux d'un des bouts de l'Europe, pas loin du cap Finisterre, des hommes bourrus qui ne connaissaient, comme drame, que l'océan en furie, les bateaux de pêche qui partaient sans eux, le manque absolu de travail, la faim, certains jours d'hiver doux et pluvieux, une misère qui n'ose pas dire son nom et qui, pour le touriste de passage, s'appelle authenticité, des hommes qui avaient, un jour, décidé de partir vers la France,

en douce, des amis avaient déjà entamé cette
nouvelle vie, des chanceux qui, quelquefois,
revenaient avec la Renault, quelquefois la télé
ou un magnétoscope, des gens qui disaient tous
que, là-haut, il faisait froid, souvent, que le travail était dur, toujours, mais qu'on était payé
régulièrement, qu'il fallait prendre sur soi, ne
pas regarder les gens, se débrouiller, éviter le
contact, rester entre soi, dans des chambres à
plusieurs, et puis travailler, travailler, travailler.
Et ça, bosser, ils savaient et voulaient le faire.
Leurs muscles étaient gros et durs, les bras, les
jambes.

Ce qu'ils ne savaient pas faire, c'était traverser ce flot ininterrompu de bagnoles les cernant
dans ce jardin improbable qui leur faisait déjà
un peu regretter les landes de genêts un peu
pelées du côté du Cabo San Adrián.

Dans leur sabir particulier, ils se dirent que
ça s'arrêterait bien à un moment ou un autre, ce
truc de déments, qu'il y aurait des brèches pour
aller de l'autre côté de la place, ce n'était pas
possible autrement, sinon il n'y aurait pas ce
jardin, il fallait bien que des gens viennent s'en
occuper et tous ces bancs, qui donc pouvait alors
venir s'asseoir dessus. Une fois qu'ils seraient
passés de l'autre côté, comme après avoir traversé le fleuve de métal en fusion ceinturant
l'Enfer, ils devraient trouver des compatriotes,

ils avaient des noms, Juan avait même une adresse, un cousin éloigné, ils n'étaient pas partis sans biscuits, n'ayant qu'une confiance toute relative en ces marchands de bestiaux qui leur avaient fait traverser la frontière, ce qu'ils n'auraient jamais pu faire légalement, en plus ils avaient payé pour ça, et maintenant ils se demandaient s'ils ne s'étaient pas fait posséder, malgré la maigre avance qu'on leur avait donnée, ils en étaient quand même sérieusement d'un bon tas de pesetas. Ces mêmes gens qui devaient les amener plus loin, les vendre en secret à un autre marchand, celui qui avait la denrée, la seule qui compte, le boulot.

Et Enric se souvenait de la seule image qu'il avait de la France, une vieille histoire déjà, quand il était sur la *Maria D.*, ce gros chalutier puissant malgré la rouille qui semblait composer sa coque, ils avaient embarqué un type blessé sur son petit voilier, jambe cassée, le mât aussi, le moral n'en parlons même pas, et ils avaient détourné leur route pour l'amener dans une île bretonne, Belle-Île, où il y avait un hôpital. Quand ils étaient arrivés dans le port, frôlant tous les beaux bateaux à voile stationnés au milieu de la rade, ils avaient été étonnés de voir toute cette foule venue les accueillir et puis il y avait eu un feu d'artifice démesuré, ils avaient cru que c'était pour eux, ils avaient débarqué le type, une ambulance l'attendait, et ils s'étaient pris la muflée de leur vie, même qu'ils avaient oublié la marée, et la *Maria D.* s'était couchée sur le flanc et ils avaient dû attendre six heures, avaient bu et rebu, dansé, chanté, fait les cons avec d'autres marins, la bière et le vin servaient de traduction, et étaient repartis, ils ne savaient pas encore comment, des étoiles plein la tête, slalomant entre les palaces flottants immobiles dans le petit matin. C'est longtemps après qu'on leur avait appris que le 14 Juillet était jour de fête nationale pour les Français et que ce n'était pas bien sûr pour eux qu'il y avait eu toute cette démonstration de liesse.

En tout cas, c'était plus facile de franchir les Pyrénées que cette place. Ils étaient néanmoins patients, trente ans de misère leur avaient donné une sorte de sagesse que les gens d'ici, au volant, ne semblaient plus avoir, et, du coup, frileux, un peu resserrés sur eux-mêmes, ils s'assirent sur un des bancs un peu humides de rosée, ils ouvrirent une des valises et sortirent de quoi boire et manger, le gros saucisson un peu trop sec, le pain, le vin, le fromage de brebis un peu vert sur les bords, les figues séchées, les boîtes de sardines, tous ces goûts entremêlés leur rappelant le pays, embaumant leurs mémoires, ne leur faisant certes pas encore regretter d'être partis, comme ça, complètement à l'inconnu, mais leur donnant l'impression qu'ils étaient encore en voyage, que c'était normal, toute cette indécision, qu'il leur fallait bien s'attendre à ce choc frontal, un autre pays, le Nord, la richesse…

En face, à l'arrêt du 27, un homme, jeune, les yeux clairs, le cheveu mi-long, les mains dans son blouson de suédine, venait de laisser passer plusieurs des bus dans lesquels il aurait dû monter, pour les regarder, les observer, guetter de loin leurs moindres gestes. Il semblait même s'apitoyer un peu, il avait reconnu le physique particulier des Galiciens, il passait depuis long-temps ses vacances à Caamano, au bord du gris océan, pas très loin de Saint-Jacques-de-Compostelle, mais pour lui ce n'était pas du pèlerinage, tout juste des vacances dans un endroit pas trop cher, en plus il parlait bien la langue. Il se demandait comment ces trois types étaient arrivés au milieu de la place d'Italie, déjà pour des Espagnols, c'était trop. Alors que, pensa-t-il finalement, des Italiens, place d'Es-pagne, à Rome, c'est extrêmement normal. Mais là, un vrai mystère, la seule solution, c'était une bagnole les débarquant au bord du square, en plein milieu de la place. On leur avait fait une vilaine blague, le truc méchant, va traverser à cette heure-là, tiens, t'es bon pour la policli-

nique. Il les avait vus s'asseoir en rond, resserrés sur eux-mêmes, et sortir le casse-croûte, il y
avait même des goûts de morue à la tomate qui
lui remontaient dans la bouche, le Portugal n'est
pas loin, tout juste une quinzaine de kilomètres
après Vigo, et puis c'est une région où seule la
pêche a droit de cité.

Alors le jeune homme, fin, acrobate, à la
lisière du suicide, traversa la place en louvoyant
entre les voitures, camions, motos et autobus
pour aller les rejoindre.

Les Ibères le virent évoluer, se disant que
jamais, eux, avec leurs courtes jambes et leurs
grosses valises, ne pourraient faire la même
chose. Puis ils se demandèrent ce qu'un Français
venait faire là, il n'y avait rien autour, ce n'était
pas spécialement un endroit pour flâner, d'ailleurs ils étaient les seuls à occuper le terrain.

Le jeune homme les aborda patiemment,
déclinant son identité, ils comprirent Michel,
Miguel, il parlait l'espagnol comme une vache
française, mais ils suivirent quand même. Un
peu méfiants, ils se laissèrent aller, petit à petit,
à une confiance polie, quand ils sentirent que
peut-être ce jeune homme allait les aider, ou du
moins semblait en avoir l'intention, quand ils
s'aperçurent qu'il savait d'où venait ce saucisson, qu'il parlait du vin du pays et connaissait à
peu près l'endroit où ils avaient passé la pre-

mière partie de leur chienne de vie. Ils avaient toujours l'impression que c'était une folie de se pointer du côté de Malpica, alors que la Costa Brava, les hôtels, les marinas, la mer chaude comme une soupe… Alors ils se détendirent un peu, lui offrirent même un peu de ce saucisson que l'autre sembla manger avec ravissement et, sans rien dévoiler, expliquèrent quand même qu'ils étaient en vacances, qu'ils étaient perdus, et que quelqu'un les attendait, visite familiale, dans La Plaine-Saint-Denis.

Le jeune homme n'était pas dupe, il avait vite repéré les visages méfiants, la pauvreté évidente des habits rugueux et élimés, et s'était fait à la seule raison évidente, c'étaient des clandestins en pleine dérive. Quelqu'un, marchand de bétail ou escroc, les avait amenés jusque-là, leur avait piqué tout leur pognon et les avait laissés, livrés à eux-mêmes, en pâture à la modernité.

Ils parlèrent encore, Michel se faisant de plus en plus aimable, concerné, les autres se déridant peu à peu, laissant tomber leur méfiance prudente, après tout, Juan pensa un moment que ce type était un peu comme le 14 Juillet de Belle-Île, et même s'ils ne lui dirent rien de bien compromettant, ils se demandèrent si leurs ennuis passagers n'étaient pas, par hasard, finis temporairement. Quand le jeune homme leur proposa d'aller chercher sa bagnole pour les mener là où ils avaient l'intention de se rendre, ils se dirent que c'était peut-être l'occase à ne pas manquer, que les gens, ici, sont suffisamment riches pour ne pas travailler, et donc être libres, et donc aider leur prochain sans arrière-pensée, ni contrepartie.

Ils reprirent leurs valises, les refermèrent avec les tendeurs et les ficelles, et, groupés autour du providentiel Miguel, se lancèrent dans la traversée de la place, s'avançant, les yeux presque fermés, sous les roues de voitures en folie pilant net dans des hurlements de klaxons, longeant des autobus puants, profitant, les muscles crispés, au bord de la tétanie, de files momentanément à l'arrêt, pour se glisser entre des pare-chocs, comme entre l'enclume et le marteau.

Ils atteignirent enfin l'autre côté. Essoufflés. Rieurs. Soulagés. Enric dit d'une voix cassée, à ses deux potes, qu'il préférait toujours se payer une bonne tempête force 8 que ça.

Michel les amena dans un café, au bord d'une autre grande avenue, les installa à une table, commanda trois ballons de beaujolais nouveau à un patron, un gros type à moustache et tablier bleu, l'air rogue, matant les valoches particulières de ces clients un peu noirauds, et leur demanda d'attendre un petit moment, le temps qu'il aille au garage et qu'il revienne les prendre, là, juste devant la vitrine. Une question de dix minutes à peine.

Puis Michel sortit du café, traversa le boulevard de l'Hôpital, et se dirigea vers le commissariat central, dans sa petite tête mal faite, il jubilait, il y avait assez d'immigrés en France, les clandestins tombaient sous le coup de la loi, ces trois singes seraient raccompagnés vite fait demain à la frontière, et c'était ce qui pourrait leur arriver de mieux, revenir crever chez eux. Fallait pas déconner, ça partait d'un bon sentiment, ça leur éviterait de futurs ennuis, et le peu de taule qu'ils feraient d'ici là leur ôterait sans doute une prochaine envie de revenir.

Le patron moustachu, Émile, un archétype absolu de patron, bedaine, œil bourru, moustache jaunie par la gauldo, calma Cobra, son doberman paranoïaque, qui, le museau pointant derrière le comptoir, grognait vers les trois types silencieux sirotant leur pinard. Il suivait du regard le jeune homme traversant l'avenue, courant, pressé, vers la maison Poulaga, montant déjà les marches menant au commissariat central.

Émile comprit vite, il n'avait pas les neurones en forme de tripoux, donna un ordre à sa femme et à son serveur, sauta sur les types, les forçant à finir leurs verres à toute vitesse, les sortit presque *manu militari* du café, leur fit traverser l'avenue, évitant encore on ne sait comment d'autres bagnoles en folie, les traîna jusqu'à la bouche du métro, en face de la mairie du 13e, la ligne Villejuif-La Courneuve, leur faisant, quatre à quatre, dévaler les marches, les aidant à passer le portillon et leur expliquant d'aller vite, mais alors très vite, dans cette direction là, de descendre là, de changer en allant par là, et de sortir par là. Après ils demanderaient. Comme ils ne savaient pas où ils allaient, ils se retrouveraient à peu près au centre de Paris et là, ils auraient, n'importe comment, moins de chemin à faire. Le tout, lui aussi, en mauvais espagnol.

Les trois Galiciens, abasourdis, ballottés comme des bouteilles en plastique sur des vagues, n'étaient pas très convaincus. Mais le patron leur fila un billet de cent balles, fronça la moustache, dit simplement *guardia civil !* et les poussa vers l'escalier. Ça, le coup du billet, personne n'est jamais obligé de le faire, pensèrent les Galiciens.

Puis le patron remonta les marches bordées d'acier luisant, il se souvint même qu'avant, il y avait des plaques publicitaires en métal, revint dans son rade, un peu suant, et embrassa sa femme, Consuelo. Elle aussi avait traversé la frontière dans le même sens, elle aussi sans en avoir vraiment le droit, il y a longtemps, mais pour d'autres raisons. Émile faisait son service militaire à Bayonne quand les chalutiers espagnols avaient débarqué les premiers réfugiés républicains. Lui, il était d'Aurillac. Alors l'immigration, il avait donné, en montant à Paris. Les bois et charbons valaient bien, à l'époque, la morue et le gaspacho. Il se but un grand verre de volvique, l'odeur du pays, et rigola secrètement quand il vit les tuniques bleues se profiler à l'horizon du boulevard. Émile rigola triplement en imaginant les cognes arrivant pour faire chou blanc, en soupesant la gueule que ferait le jeune mec, ce délateur bien parisien, qui tenterait de raconter aux bourres qu'il ne s'était pas moqué d'eux, et en supposant la surprise qu'auraient les quatre skins, vautrés au fond de son rade depuis une heure, descendant bières sur bières, en gueulant fort et éructant grassement, de voir arriver la flicaille, ne pouvant que croire que c'était pour leurs beaux yeux. Il allait y avoir du sport. Consuelo avait déjà rincé les verres des Espagnols, nettoyé leur table, et rangé les chaises. Pas de traces.

Les trois policiers, précédés du type en blouson de suédine, entrèrent dans le café, regardant de tous côtés. Dans la salle du fond, du côté des boules à zéro, le silence complet. Une belle tranche de vie, pensa Émile. Si les flics faisaient vraiment leur boulot, et c'était probable, un peu déçus du vide espagnol qu'ils trouveraient, ils iraient asticoter un peu les tondus embiérés du fond, contrôle d'identité, peut-être une petite fouille, ça serait bien, à tous les coups ils tombent sur le couteau ou le nunchaku, peut-être même la batte de base-ball raidissant la manche. Ça leur apprendrait, à ces fachos, supputa Émile, passionné de foot, amoureux des tribunes populaires, là où on rigole et où le titi de base s'exprime si bien, et qui n'allait plus au Parc des Princes depuis que les skins et les petits salopards d'extrême droite envahissaient le virage de Boulogne en criant « Jean-Marie au pouvoir ! » et « Borelli à Auschwitz ! » Pour une fois qu'il pouvait les faire chier, ces connards de tondus, fallait pas hésiter, il ne pouvait pas leur interdire, tant qu'ils se comportaient relativement bien, l'entrée dans le café. Et ceux-là, ça faisait quelques semaines qu'ils traînaient dans le coin, envahissant parfois sa salle du fond, parsemant ses tables en formica de verres de demis en pagaille. Émile avait été tenté de détacher Cobra, une ou deux fois, s'était retenu, le chien n'aurait pas compris pourquoi, pendant la journée, il aurait subitement le droit de mordre et d'attaquer. Émile cherchait depuis un bon moment l'occasion de les emmerder efficacement, ces arrogants. Et ce jour béni était venu.

Les bleus, après un rapide coup d'œil, s'étaient

aperçus de la non-présence des clandestins, Émile leur avait expliqué qu'ils s'étaient barrés en courant, en indiquant l'endroit opposé, c'est-à-dire le boulevard de la Gare, se mettaient à tirer la gueule à Michel, qui semblait vouloir chercher subitement de l'air frais à l'extérieur, mais Émile lui sauva le coup en indiquant, du pouce, protégé par son mur de bouteilles, les skins du fond, en mimant aux policiers combien problématique lui semblait la présence de cette jeunesse dangereuse et sûrement pas en règle si on regardait ça d'un peu plus près. Le flic en chef comprit, d'un coup de tête remercia muettement le patron, pour lui un indic qu'il ne connaissait pas encore, et les policiers entrèrent lentement dans la salle du fond.

Émile entendit des exclamations, des cris, et perçut quelque bousculade, un certain énervement. Un verre tomba. Peu après, les cognes sortirent, tenant un des skins par le col, direction l'hôtel en face. De police bien sûr. Au comptoir, Michel, vautré devant un ballon de sauvignon, regardait tout ce va-et-vient, rassuré qu'on ne lui demande pas trop de comptes sur sa dénonciation à la noix, les flics ayant, sur place, trouvé de quoi croûter.

Les trois autres skins sortirent du café juste après, regard en coin, bouche tordue prête à l'injure, suivant des yeux leur acolyte entaulé, se demandant combien de temps ils allaient devoir l'attendre, peut-être échafaudant des plans d'attaque. Celui qui fermait la marche avait un magnifique blouson de cuir élimé, marqué de lettres de cuir rouge dans le dos, Émile lut : REDSKINS. Dès qu'il passa la porte, Michel sortit illico de son mutisme péteux. Des petits salauds, il marmonna, à moitié soliloquant, à moitié cherchant l'assentiment du patron. Ça ! répondit Émile. C'est comme le Canada Dry, poursuivit Michel, ils se donnent l'air des autres mais ils n'en sont pas. Comment ça ? rembraya Émile. Ce sont des casseurs, des bolchos, cracha Michel, des zoulous, ceux qui attaquent les banlieues, des rouges, de ceux qui forment les services d'ordre de SOS Racisme et des conneries du genre. Il savait bien, il avait été dans les manifs, et même une fois, à la Butte-aux-Cailles, ils les avait vus se battre contre d'autres rasés comme eux, c'était pas beau à voir.

Émile, saisi, se disait, alors là, j'ai fait la saloperie du jour, autant pour moi, il ne faut jamais se fier à la gueule des gens, bien que ça soit à cause de ça que l'autre Front national de ses fesses se confiait ainsi à lui, à cause de la bedaine, de la moustache et du doberman, croyant avoir affaire au patron de rade typique, qui a le flingot sur le comptoir pour tirer sur tout ce qui ne ressemble pas à un natif des Deux-Sèvres.

Émile se rassura quand même, qu'en tout, ça faisait une moyenne, avec la bonne action qu'il avait menée juste avant, mais il avait quand même un arrière-goût dans la bouche. Il donna un ordre à sa femme et à son serveur, dit à Michel que, puisque c'était comme ça, il allait le charger, ce skin de merde que les flics avaient emmené, et sortit de son café, se dirigeant vers le commissariat. Michel se dit que peut-être, à force de réagir sainement comme le gros patron venait de faire, les gens du quartier, les vrais habitants du 13$^e$, ceux qui avaient connu cette merveilleuse vie du village d'avant, quand, de la porte d'Ivry jusqu'aux Gobelins, tout était blanc, pourraient balancer plus loin, rive droite par exemple, le Hong-Kong-sur-Seine qui jaunissait tous les environs, même si les Chinetoques avaient, eux, au moins, réussi à remplacer les Arabes.

Sur le trottoir, les trois autres redskins attendaient, ne sachant pas trop quelle attitude adopter, mais sûrs qu'il ne fallait pas qu'ils restent trop longtemps plantés là, sinon, ils y auraient droit eux aussi. Alors, ils firent semblant d'attendre le bus. Ils se parlèrent, à mots hachés, se demandant pourquoi tout à coup les keufs leur étaient tombés dessus, et que vraiment vive l'Anarchie, mort aux vaches, vivement le Grand Soir, qu'encore une fois on les avait pris pour des connards de fachos, et ils se demandaient qui avait pu lancer la flicaille à leurs trousses, peut-être le gros con derrière son comptoir qu'ils allaient lui casser à la première occase, un soir prochain, avec d'autres potes, des barres de fer et des cocktails molotov. Et ils se raidirent, prêts à la baston, quand ils virent justement le patron traverser le boulevard dans leur direction, en courant, leur faisant des signes discrets. En passant à côté d'eux, sans s'arrêter, Émile leur dit, en vitesse, en regardant ailleurs, que le mec qui les avait donnés, c'était le type en blouson, accoudé à son comptoir, il l'avait entendu, il le connaissait bien, c'était un des piliers de Le Pen dans le quartier.

Puis Émile fit mine d'hésiter à entrer dans le commissariat, s'arrêta en bas des marches et retraversa l'avenue pour revenir dans son café, pensant amèrement que c'était la deuxième fois de la journée, lundi de merde, qu'il dénonçait quelqu'un, en croyant que c'était pour la bonne cause, mais la gaffe précédente lui restait dans la gorge, il fallait qu'il s'en débarrasse absolument, sinon il ne pourrait plus regarder Consuelo en face.

Au comptoir, Michel semblait attendre le résultat des courses. Émile se lança dans une explication vaseuse, comme quoi on n'avait pas voulu l'entendre, lui, qu'elle était belle la Police !

qu'on avait bonne mine de les payer à rien foutre, parce qu'en fait c'étaient nos impôts qui engraissaient tous ces feignants... Pour emporter le morceau, comme pour clore un pacte qui n'existait même pas, Émile, tonitruant, annonça à Michel qu'il lui payait un coup. Tout en surveillant du coin de l'œil les trois autres redskins parlementer, têtes un peu basses, comme rentrées dans les épaules, se séparer, les bras un peu ballants brassant faiblement l'air lourd, et revenir, l'air méchant et définitivement vengeur, vers les alentours du café.

Pendant ce temps, les trois Espagnols s'étaient furieusement plantés. Incapables de se souvenir des directions, changements et métros à prendre. Ils s'étaient assis longuement sur les sièges en plastique, le long des grands murs courbes en faïence de la station et, sidérés, s'étaient frottés à l'urbanité souterraine. Ils ne comprenaient pas le silence relatif de toute cette masse de gens qui ne s'égayait même pas au son du saxophone d'un grand Noir avec de drôles de cheveux en plaques dépassant d'un gros bonnet de laine aux couleurs criardes. Tout le monde avait l'air triste, fatigué, ennuyé. Beaucoup avaient le nez plongé dans des livres ou des journaux. Ils virent de très belles et jeunes femmes, habillées comme personne ne leur aurait permis de s'habiller chez eux. Ils virent des hommes bien plus pauvres qu'eux-mêmes ne pourraient jamais être, si bien qu'un peu de fierté les redressa sur leur siège, pas de la condescendance, non, après tout ils n'étaient pas à la place de colons ou de quelque chose comme ça, mais plutôt un sentiment leur ôtant la honte d'être là, demandeurs, en situation d'espoir, même si cette situation et cet espoir étaient irréguliers. Ils suivirent, silencieux, du regard ces hommes sales et comme détruits par le vin qu'ils transportaient dans des bouteilles un peu douteuses, brailler, tituber, quelquefois insulter. Ils regardèrent, ébahis, toute cette population s'entasser avec ordre, sans cris, comme s'ils essayaient de ne pas se toucher, tout en se comprimant complètement, dans les wagons, une population policée et curieusement muette, des sardines dans la même boîte, sans tête, huileuses, même.

Juan sortit le papier qu'il avait plié dans le tréfonds d'une des poches de son pantalon de velours, cette adresse d'un cousin qui, à présent, lui paraissait habiter au bout du monde, ce cousin qui était venu au pays l'été dernier, dans la Renault toute neuve et qui leur avait dit, venez, par n'importe quel moyen, vous serez malheureux et on sera malheureux ensemble, mais on travaillera, on mettra de côté, il faudra d'abord baisser la tête, se laisser tout dire, uniquement se pencher sur la pelle ou la clef à molette, et puis, petit à petit, on s'habitue, on s'insinue dans les petites brèches qui font passer le temps et on repense au pays, aux genêts, à l'océan et on trouve un jour la force de revenir.

Il aborda des gens pour leur faire lire l'adresse que le cousin avait calligraphiée sur le petit bout de carton. Presque tous détournèrent la tête, filant à l'autre bout du quai ou bien se dépêchant de monter dans une rame impatiente. Il n'osait pas s'adresser à des femmes, on ne sait jamais, et choisissait ceux des hommes qui portaient, sur leur visage, un peu moins de fatigue ou d'énervement, des hommes qui étaient à la bordure d'un sourire éventuel. Une ou deux personnes s'arrêtèrent, lurent le papier, haussèrent les épaules en signe d'impuissance. Un autre donna une pièce à Juan sans même lire le papier. Juan, saisi, défait, ne réagit même pas, mortifié. Il se contenta de regarder fixement ses compagnons assis, figés, leurs yeux écarquillés oubliant même de ciller.

Les trois Galiciens, silencieux, quasiment désespérés par ce dernier geste, décidèrent de remonter, au propre comme au figuré, à la surface. Au moins, il y aurait l'air libre, le soleil, cet arbre, pas loin, qui était un tulipier ou bien un pêcher chinois, allez, même que ça pouvait être peut-être un camélia géant.

Dehors, il y avait du soleil et une grande luminosité. Comme ils étaient sortis par une autre bouche du métro, ils eurent l'impression de n'être plus au même endroit. C'est en regardant vers le centre de la place, vers ce square enserré dans la circulation, qu'ils reconnurent les lieux. Bizarrement, il leur sembla qu'il y avait moins de véhicules, que tout était devenu un peu plus fluide, qu'il était presque pour eux possible de traverser et de revenir à leur point de départ, pour reprendre tout à zéro. Ils ne savaient même pas quel pouvait être le café qui les avait accueillis un instant.

Au moment où ils allaient encore se concerter pour tenter de se demander ce qu'il fallait faire, Enric poussa un juron et montra du doigt la camionnette bâchée, celle qu'ils avaient prise à Irún, celle qui les avait laissés là, trois heures auparavant, qui tournait au ralenti autour de la place. Enric lâcha ses valises et courut derrière, puis s'arrêta, pensant qu'elle allait encore faire le tour de la place. Les trois Espagnols, sur le bord du trottoir, suivirent des yeux le lent véhicule qui disparaissait derrière le square, réapparaissait de l'autre côté, laissait passer d'autres voitures et revenait vers eux, frôlant le caniveau. Ils firent de grands moulinets de bras, comme s'ils étaient sur une île déserte et qu'un paquebot salvateur fumait à l'horizon. La camionnette s'arrêta enfin près d'eux. L'homme à la casquette de cuir leur fit signe, à coups de gestes éloquents et énervés, de monter et vite.

Le patron, derrière son comptoir, attendait avec une certaine impatience que le jeune type finisse son deuxième ballon de sauvignon. Dehors, il avait vu les trois redskins se disposer à des points stratégiques, les deux sorties et le passage vers le boulevard, l'un accoudé à un arbre, le deuxième assis sur le capot d'une voiture en stationnement, le troisième faisant vaguement les cent pas. Mais le dénommé Michel, content d'avoir trouvé un interlocuteur à sa mesure, tentait de nouer une conversation de style idéologique et de tendance bistrot.

Jusqu'au moment où Émile en eut vraiment ras la moustache. Il se pencha au-dessus du zinc, et, à voix basse, lui dit succinctement que pour lui c'était un petit trou du cul et qu'il avait intérêt à calter vite fait de son bistrot sinon il lâchait son chien, et pour épauler un peu la teneur de la sentence, il s'adressa à Cobra, avec des mots choisis, et le clebs se mit, sans aboyer le moins du monde, les pattes posées sur l'égouttoir, à retrousser ses babines et à montrer, en grognant sourdement, de belles dents un peu jaunes près de la gencive.

Michel, blanc, ne demanda pas son reste et

sortit du café par la porte de gauche. Il n'avait pas fait deux pas sur le trottoir qu'un des redskins l'abordait, lui posant quelques questions qui n'en étaient pas, qui n'attendaient aucune réponse et qui ne constituaient que le préambule obligatoire pour ne pas prendre quelqu'un en traître. Michel se prit le premier coup de pied dans le ventre sans l'avoir vu arriver. Il tomba en arrière, souffle coupé, se ressaisit vite, et se prépara à une bagarre, qu'en définitive il était assez prêt à assumer.

Mais quand il vit les deux autres redskins foncer sur lui, quand il se prit un furieux coup sur la hanche, il se dit que le salut résidait dans la fuite, ce n'était pas la peine de jouer les bravaches, valait mieux sauver sa géographie intime et après, il serait toujours temps de porter plainte.

Alors, il détala vers le sud.

Les Espagnols, à peine assis à l'arrière de la camionnette, se firent copieusement engueuler. Ils ne comprirent rien à ce que leur balançait le mec de la filière, mais en voyant deux nouveaux types assis derrière avec leurs paquets ficelés, des hommes qui avaient tout à fait le même regard qu'eux, ils devinèrent que leurs « hôtes » avaient été les chercher pour sans doute effectuer une livraison groupée et que, ce matin, on avait dû leur dire d'attendre, ce que, bien sûr, ils n'avaient pas compris.

Roger enfonça sa casquette en cuir, se dit qu'il avait assez perdu de temps comme ça et qu'il allait falloir bourrer jusqu'à Saint-Quentin. Il accéléra, passa la seconde, la troisième, et prit le boulevard de l'Hôpital, rasant les voitures en stationnement. Il ne vit que trop tard le type, une ombre avec une veste marron clair, qui, sautant comme un con au-dessus de deux pare-chocs, traversait, en courant, sans regarder.

Il le percuta de plein fouet, évitant de peu un autre mec au crâne rasé qui parvint, dans un ultime réflexe, à éviter la camionnette. Derrière, dans la benne, les trois Galiciens et les deux Marocains se mélangèrent les valises.

## L'homme est bon
## mais le veau est meilleur

Comme tout Anglais qui se respecte, Miles Weckman est un animal à sang froid. Un sang caillé presque, qui ne risque pas de trop se réchauffer depuis la perte de l'Empire. Bien sûr, au moment des Falkland, les globules de Miles eurent quelques rougeurs, surtout, il faut bien l'avouer, grâce au courage imbécile des pilotes argentins. Depuis... *nothing*.

Pour ce fringant attaché militaire de quarante-cinq ans, célibataire endurci par une saine appréciation du sexe opposé (toutes des, même sa mère), une tranquille évaluation du monde (d'un côté la saloperie communiste, de l'autre la lâcheté du bordel), la vie était aussi plate qu'une Écossaise et ce n'était pas son poste récent en Thaïlande qui risquait de lui faire accélérer le muscle cardiaque.

Le danger orange, comme il disait, ce subtil mélange de rouge et de jaune, ne se résumait qu'à des escarmouches lamentables de frontière (toute guerre larvée est une perte de temps) et le seul danger réel de ces contrées était un imparable cocktail fait de possibles accidents vénériens et de balles perdues tirées, le soir, dans les ruelles, par des trafiquants de tout poil et des snipers ninja.

Mais les femmes, ici, il n'y touchait pas. Même Anglais, il n'avait pas de pulsion pédophilique, les fillettes et garçonnets locaux, il s'en méfiait comme de la peste, ayant de grandes chances de passer, dans le cœur de cette jeune chair à vif, après un Allemand ou un Français arrivés, tuméfiés, en charter pour un week-end d'esclavagistes.

Les quelques sensations fortes qu'il se permettait, c'étaient des Blanches de la «colonie», ses proies éventuelles, femmes ou sœurs de diplomates, journalistes envoyées spéciales ou correspondantes, ces greluches qui faisaient des efforts inouïs pour avoir l'air de celles à qui on ne la fait pas. Or il aimait bien, justement, leur faire. L'amour physique violent qui en résultait quelquefois laissait, à son avis, l'autre démunie, interrogative et obligatoirement dégoûtée. Tous les moyens lui étaient bons pour faire en sorte que ces femmes d'un soir aient l'impression d'avoir connu l'un des hommes les plus durs qu'elles aient pu rencontrer.

Une seule femelle captait son amour. Maggie. Pas sa présidente. Son cocker. Aussi folle que lui, peut-être, cuvant son hystérie enfermée dans ses chambres d'hôtel. Mais fidèle, elle. À la botte. Sa fourrure rousse sur le siège de la Mercedes décapotable était du plus bel effet. Un jour, peut-être, il reviendrait, avec elle, chasser le renard du côté de Westbrose. Sussex. Grande-Bretagne.

En attendant, au bar du Thai'La-leh, une bière Mackeson à la main, il guettait, un peu impatient, l'arrivée de Rosemary, cette grande jument galloise, journaliste dans un torchon travailliste de Cardiff, qu'il avait ferrée trois jours avant, lors d'une sauterie à l'ambassade. Les diplomates… Des diplodocus… À même racine, mêmes feuilles. Elle avait dû se décider à coucher avec lui en croyant lui soutirer des renseignements de première bourre. Il est vrai qu'il lui avait fait miroiter ce après quoi tout baveux cavale pour obtenir le Pulitzer…

Elle était presque du pays. Après tout, les Gallois étaient des sauvages illettrés mais, eux, n'avaient pas eu encore de velléités d'indépendance.

Elle arriva avec le retard nécessaire à la soi-disant bienséance, sa grande robe pâle se découpant dans la vieille porte en bois sculpté du restaurant sur le soir qui tombait, rose, lui aussi.

Elle ausculta avec inquiétude ces lieux un

peu crades où elle venait pour la première fois. Il la rudoya, mais avec politesse, bonhomie, et la guida vers une table réservée, où deux serveurs thaïs, déférents et silencieux, les installèrent. Une drôle d'odeur emplissait les lieux. Ce parfum, Miles le connaissait bien, c'était celui de la peur, de l'angoisse, ce fumet bien particulier dégagé par les êtres devant la mort ou la douleur.

Miles confirma d'emblée à Rosemary qu'il avait pour elle, à l'hôtel, un dossier complet sur les intérêts anglais dans le Triangle d'or. Pas de quoi faire sauter le régime, mais enfin, ça vaudrait bien une interpellation à la Chambre. De quoi remuer la tripe à chapeau melon de tous les planqués de la City. Imparable. L'œil vert de Rosemary en était alangui d'avance.

Pas égrillard mais plutôt mystérieux, avec cette qualité de léger sadisme agrémentant, à son avis, ce que doit être le sexe « poivré », il la prévint :

— Avant tout, en contrepartie, je vous guide, ce soir... Jurez-moi de vous plier à, comment dire... mes petites volontés...

Il la sentit immédiatement se raidir.

— Ne vous inquiétez pas... Je suis un gentleman... Je sais très bien qu'en dernier ressort, les femmes décident toujours...

Il marquait toujours un point à ce moment-là, en ajoutant que la civilisation passait par le libre consentement de l'autre.

— Non, ajouta-t-il, avec un sourire désarmant d'adolescent attardé, ce que je veux, c'est que vous me fassiez confiance pour le choix du menu...

Rosemary se détendit, riant, un peu fort, de sa méprise.

Miles commanda, en thaïlandais, les plats qu'il désirait.

Et Rosemary assista alors au ballet réglé avec minutie des serveurs desservant la grande table, installant au milieu un curieux dispositif, un cercle de métal entourant un trou fait dans le bois, un peu plus gros qu'une belle orange. Deux bougies, parfumées. Deux cuillères, en spatule, argentées. De la bière de riz, tiède, dans des bols de bois.

De temps en temps, elle jetait un coup d'œil interrogatif à Miles qui, hiératique, l'observait, sans rien dire, sans se départir de ce sourire un peu figé d'Anglo-Saxon revenu de tout.

Et Rosemary, au bord de l'évanouissement, tendue comme un arc, pétrifiée, assista à un autre ballet, légèrement plus mouvementé.

Deux serveurs amenèrent un petit singe brun, un macaque, lui sembla-t-il, et, après comme un rituel d'excuse entre eux et le petit animal, passèrent sous la table. Un autre serveur se pencha au-dessus du trou, au milieu, et quand le crâne du singe dépassa suffisamment, il l'enserra avec l'anneau de fer qu'il serra d'une vis qui crissa horriblement.

Rosemary sentit tout son sang refluer au fond d'elle-même, et fut sur le point de se lever, partir, fuir, courir.

— Un, dit Miles, vous allez rester. Et vous le savez. Ce singe va quand même y passer, puisque, moi, je reste.

Les yeux de Rosemary s'emplirent de larmes.

— Deux, pensez fortement aux abattoirs et autres corridas de nos pays civilisés. Vous n'êtes pas végétarienne, il me semble... Trois, montrez que vous êtes une femme qui est prête à entendre des choses, comment dire, puissantes... Je ne vais pas confier ce que je sais à n'importe quelle mauviette qui hante les hôtels de diplomates sur la planète, cherchant une aventure qui sent le sable chaud, le palmier et la musique typique.

Rosemary pensa lui jeter un des bols de bière au visage.

— Quatre, continua-t-il, ça peut être un excellent exercice si vous voulez être correspondante de guerre, un jour...

Blanche, elle le regarda. Et ne bougea pas.

Miles savait, par expérience, qu'elle ne bougerait plus d'un pouce, tétanisée, et que, si elle tentait un seul mouvement, elle s'évanouirait, ou se liquéfierait, ou un autre truc de femme... Il fit un geste bref au serveur. Avec l'aide d'un petit trépan métallique, dont les dents ne luisaient même pas, l'homme, avec dextérité, décalotta le crâne du singe en le cisaillant d'une dizaine de gestes circulaires. Du sang coula sur la table, autour de ses doigts. L'os, entamé, céda comme du plâtre. On entendait, sous la table, le petit animal gesticuler et griffer, de tous ses ongles, sa prison crânienne.

Le serveur emporta le dessus de la tête du singe dans un linge blanc.

À la lumière des bougies, Rosemary, comme endurcie par une crampe totale, vit la petite cervelle battre à toute vitesse.

Miles prit une des cuillères d'argent, lui tendant l'autre.

— Après tout, dit Miles, les Français mangent bien des huîtres et des escargots...

Rosemary resta de plomb. Seuls, ses yeux bougèrent un peu, se levèrent et fixèrent, juste à la gauche du visage de Miles, la porte du restaurant. Derrière, le soir était presque violet. Miles trempa sa cuillère dans la cervelle du petit animal.

Les rideaux blancs de la chambre d'hôtel valsaient légèrement.

Dehors, la nuit. Asiate. Bruyante. Toujours vivante.

Rosemary, nue, sortit de la salle de bains. L'eau froide n'y avait rien fait. Tremblant de tous ses membres, elle avait comme une fièvre rivée aux os. Ses dents s'entrechoquaient, ses mâchoires étaient douloureuses. Elle aperçut le corps un peu blanc de Miles, sur la cotonnade du lit. Elle s'empara de la liasse de papiers, sur la petite table, et s'approcha de la fenêtre pour les relire à la luminescence du dehors.

Mais même la première page ne passa pas.

Elle jeta la liasse par terre et, raflant ses vêtements au bord du tapis de sisal, s'enfuit de la chambre en claquant la porte. Miles fit un bond, tenta de la retenir, la traitant d'ordure, et ne parvint qu'à lui griffer le bras.

Affolée par la brutalité de tous ces mouvements, Maggie hurla, sautant de son fauteuil, venant à la rescousse de son maître.

— Galloise de merde ! hurla Miles en tapant du poing sur la porte.

Maggie aboya.

— Ta gueule, toi connasse ! cria Miles à sa chienne.

Elle aboya de plus belle.

Il lui balança un violent coup de pied.

Et se laissa tomber en arrière sur le lit, furieux, défait, les jambes écartées, frottant de fureur son visage moite de sueur. Maggie sauta dans son entrejambe, tentant de se frotter à lui et lui léchant rapidement le bas-ventre.

Miles, d'un violent revers du bras, la reprojeta sur le tapis. En grognant, il se mit à se masturber. La chienne revint à la charge, sautant à nouveau sur le lit, petite boule de poils hérissés par la folie, et d'un féroce claquement de crocs, lui arracha le sexe.

Miles, les yeux écarquillés, hurla.

Mais un drôle de gargouillis sortit de sa gorge. Il trouva, malgré la douleur atroce, malgré cette impression d'avoir reçu un coup de fusil à travers ses tripes, la force de se lever. Il vit, courant dans la chambre, Maggie, agitant sa tête dans tous les sens, en train de déchiqueter son trophée.

Il mit le pied par terre, et s'écroula immédiatement en pleurant. Maggie, folle de terreur, se rua sur lui, le mordant au visage.

## La nuit du souvenir

Juste deux plombes avant, pour mettre une ambiance à tout casser, Calmos nous a dit que pour lui, the end, c'était fini, que le groupe il s'en battait désormais l'œil droit, qu'il voulait continuer tout seul, après tout c'était lui qui faisait tout, textes et musique, un nanker/phelge à lui tout seul, qu'il nous aimait bien mais que nous, no future, qu'on pensait low, front bas et ambition de garage, que lui avait besoin de passer une autre vitesse, l'overdrive des rockstars, que, remarque, pour nous, ça nous ferait du bien, que ça nous permettrait de ne pas roupiller, de sainement nous remettre en question, bref les conneries du genre que j'ai, moi-même, je, personnellement, entendues déjà un paquet de fois, dans des termes un peu différents, ça dépend du langage de l'année. Ça ne loupe pas, je dois porter la poisse, dans un groupe, crac, six mois après mon arrivée, c'est le split.

Pourtant, là, LIMBO commençait à rouler

sérieux, les fanzines les plus noirâtres se mettaient tout à coup à nous décerner du ronflant,
genre «groupe rock de l'année», les fanas à la
voix rauque de certaines radios commençaient à
passer nos 45, et le concert de ce soir était le vrai
grand premier, celui que beaucoup de mecs
attendaient, celui à ne louper à aucun prix, les
places se revendaient déjà à bon prix, l'Olympia
était bourré à bloc, on l'avait voulue cette salle
et on avait suffisamment attendu pour l'avoir,
la meilleure pour le son, il suffit de monter les
amplis à bloc, et les oreilles se mettent à saigner, et en plus c'était là que moi-même, je,
personnellement, avais décidé de faire du rock,
y'a longtemps, la première apparition de Téléphone et Television sur scène à Paris, une vraie
soirée sponsorisée par Darty, j'avais rigolé à
l'époque, et ça jouait tellement fort que des
types, juste à côté de moi, un peu chargés,
avaient débité un fauteuil en allumettes et je
n'avais RIEN entendu, bref, ça s'annonçait bien,
énergie, rigolade, envie de jouer, vrai rencard,
tout ça, les mecs de Melun, Apache News,
chauffaient bien la salle et on allait pouvoir la
porter au degré nécessaire à une bonne brasure.
Et voilà que ce con, investi tout à coup du pouvoir qui tue, nous la ramène avec son exclusion,
nous la ramène avec son ego, nous rameute les
vieux démons, dans ses yeux on pouvait presque

voir une caisse enregistreuse, tentant, en plus, de nous beurrer le moral en nous demandant que cette seule et donc unique apparition en public soit comme un chant de phénix, un gig culte, le genre à rester dans les mémoires, le concert dont, plus tard, le kid moyen pourrait bramer : putain, j'y étais ! J'ai eu juste le temps d'empê-cher Brno de lui foutre sur la gueule et de le prendre pour la grosse caisse sur laquelle il allait devoir taper pendant toute la soirée.

Bref, ce qu'on appelle une chaude ambiance, un gibus mood.

On a eu une courte et dangereuse explica-tion. Tous contre lui, trois contre un, la cheville ouvrière contre l'artiste. On aurait dû se méfier depuis un bon moment, depuis que ce séminole de bazar se prend pour Jeffrey Lee Pierce, il voudrait qu'on soit son Gun Club, bons ouvriers, TUC du rythme, dressant un mur sonore et métallique derrière lui, toujours le même, pour qu'il puisse balancer tranquillos ses textes à la simili Artaud (c'est son Elvis à lui) et allumer sur sa Telecaster (qu'il répète partout avoir reçue en cadeau de Paul Kossof. Tiens, va véri-fier) ses solos interminables appris par cœur sur son Teppaz, il nous les gonfle tout le temps avec Jorma Kaukonnen et Jim Cipollina.

On a donc failli se barrer illico, valait mieux

aller revoir *Le Moulin des Supplices* au Brady que gratter pour cet enflé deux heures de plus.

Pourtant, il avait eu le bol de nous trouver, nous les prolos du rock, au moins dix groupes à nous trois, et moi, je, personnellement, c'est le cinquième dont je me fais virer manu musicali, et on avait bien aimé sa démence latente, denrée rare, et son sens du provisoire. On ramait depuis longtemps, et ramer avec lui n'était que la poursuite de ce qu'on vivait. C'est-à-dire le rock. Raté. Monsieur louche vers le star system, même si c'est à la Thunders. C'est un cave. Même pas Nick.

Pour nous trois, la cause est entendue depuis longtemps. Le rock n'est pas une esthétique, mais une éthique.

Jimi, le Jack Bruce de Suresnes, traîne sa basse où il peut, l'essentiel, pour lui, étant de brûler sa belle jeunesse devant son Marshall avant que son foie se décroche. Brno tape pour n'importe quel binaire, n'a toujours pas l'intention de jeter ses baguettes en l'air pour frimer (une fois sur deux, on les loupe) ni de mettre des tee-shirts noirs sans manches avec des gueules de dragons dessus et moi, je, personnellement, je suis là que pour que Titine (ma Gibson) fasse le turf de base pendant que l'artiste, le mec devant, celui qui ramasse, celui qui défrise les minettes et impressionne les pogoteurs puisse balader sa main gauche sur le manche à toute vitesse, semant les plans d'histoire, les citations inédites, et toujours les mêmes clins d'œil, sans parler des riffs qui tentent justement de couvrir les miens. Mais, honnêtement, j'assure, j'ai la bonne science pour sauver n'importe quel concert qui merde pour cause de fatigue mentale et j'en ai aidé plus d'un à se faire passer pour le vrai rock retrouvé. Il faut toujours que Titine crache le son pour lequel elle a été construite. Cette gratte, et ça c'est vérifiable, je l'ai achetée à un mec pas possible, un obscur oublié des foules, Huw Loyd, le premier lead de Hawkwind, oui, c'est un signe, car entre nous, Brno, Jimi et moi, je, personnellement, pour se soigner, dans notre garage, en attendant que la star ponde ses textes dans les bras en cuir de sa petite groupie, on se fait du Mötorhead. Et de quel groupe Lemmy était le bassiste avant ? Hein ? Hawkwind ! Tiens. Non mais.

Le rock, c'est une question de morale, pas d'esthétique, merde.

Du coup, on ne lui a plus adressé un mot, à Calmos, et on l'a laissé dans sa loge se chauffer à sa guise, on sait comment, et ruminer ses idées de grandeur. À mon avis, il n'a pas fini. Je lui souhaite de se payer un accident d'avion pour avoir un peu de mythe sur lui. On a vidé une bouteille de WT à trois, dans un coin de la coulisse, regardant les mecs d'Apache déterrer la hache de guerre. Efficaces, carrés, mais pas assez violents, déjà un peu qualité française. Un peu trop de look et de gesticulations, à mon avis, l'immobilité doit aujourd'hui être de rigueur, car c'est impossible de faire plus épileptique que certains, sans parler des triathlons scéniques des hardeux et du Lac des Cygnes traditionnel du guitar-hero, bras moulinette, tête en arrière, dos tourné au public. N'est pas l'Iguane (jeune) qui veut.

Et puis j'ai craqué. Intérieurement. Merde. À force de baisser les bras, on risque de les voir tomber complètement par terre. Ce soir, c'est le GRAND soir, NOTRE soir, j'ai braillé. Jimi et Brno m'ont regardé, un peu inquiets, se sont silencieusement marrés, du ricanement un peu nerveux de ceux qui, n'importe comment, s'attendent à tout, puisque c'est du rock. C'est clair, je me démerde, ils me couvrent. Bon, on allait voir qui allait virer qui.

Calmos est arrivé avec une sorte de justaucorps à la Jad Wio et je lui ai demandé d'aller foutre un soutien-gorge. Une méchanceté pour maintenir la pression et l'atmosphère une bande de jeunes tous unis dans la même musique. Mais après je lui ai souri, ébouriffé les cheveux, et je lui ai dit de ne pas s'inquiéter, ce concert allait être LE concert. Autour de nous, ça s'agitait ferme : des journaleux du style « j'étais backstage ! », les groupies d'office (certaines payées par la maison de disques qui se profile à l'horizon), justement un des PDG de la même maison qui a dans son écurie aussi bien Vilaine Fermière que TV Bone (de Gisors) sans parler de toute la brochette des alternatifs du contrat en béton, peut-être celui qui a déjà signé Calmos en lui conseillant de jeter la bande de jean-foutre qui fait du bruit derrière lui pour les remplacer par des musiciens, des vrais, tout ce beau monde mélangé aux électros de l'Olympia, aux quatre ou cinq régisseurs, sous-régisseurs ou régisseurs adjoints inquiets pour les fauteuils et la moquette de la salle rouge, sans parler des mecs du service d'ordre, prêts à bondir sur scène, virer les pogoteurs épris de lumière.

Bien. Normal. Notre monde. Celui qu'on aime quand même, celui qu'on est obligés de se fader dès qu'on quitte le rade où l'on joue les samedis et le garage où l'on répète, des années durant, quand les voisins n'envoient pas la poulaille. Moi, je chauffe le manche de Titine, je lui tire un peu sur les cordes, et je me dérouille les épaules. Dans un concert, il n'y a pas que les oreilles qui morflent, il y a les dorsaux. J'attache bien mes baskets, ce n'est pas le moment d'avoir un lacet qui traîne. Brno se tape les mains l'une contre l'autre, Jimi se finit à la bière.

Calmos sautille sur place, parlant tout seul, poussant de petits couinements.

Nous sommes prêts.

Le chanteur d'Apache News crie au revoir. Déluge immédiat d'objets divers sur la scène. La canette de bière a encore droit de cité, mais je remarque des bouteilles de contrexe, tiens, quelques chaussures, pas mal de briquets, un tee-shirt. Les roadies de l'Olympia, insultés comme il se doit par une foule déjà bien allumée, font un rapide ménage et changent deux amplis pour mettre les nôtres, déjà réglés, faisant gaffe à ne toucher à aucun bouton. Qui a dit que l'enfer est en dessous ? Brno court vers sa batterie de cuisine et commence à taper, fort, de plus en plus fort. Jimi y va à son tour, je le suis de peu. Et c'est parti, on commence le boulot pour l'autre ahuri. On déblaie. On nettoie les oreilles. Et on les chauffe à nouveau. À la cadence, aux riffs qui tuent, au décervelage, nos enzymes à nous. On n'entend presque pas la foule, les retours sont équilibrés, on peut enfin savoir ce qu'on fait, on fait mal, déjà, on marque la différence. Je me sens content, heureux, délié des doigts, la tête claire, peut-être que c'est con, cette séparation du groupe, les morceaux écrits par Calmos ont un vrai son, particulier, rapide, classique, une espèce de Costello à la Cream. Je lui pardonnerais presque.

Il entre alors, se plantant au milieu. J'entends la foule hurler malgré le hululement de la Telecaster. Ce salaud a monté le volume. Je me retourne pour remonter le mien aussi sec. Tant pis pour ceux des premiers rangs, ils vont carrément être huilés sur place.

Je vois des visages ulcérés, radieux, un instant saisis par la chair de poule. Et c'est parti. J'ai décidé de laisser un quart d'heure à Calmos pour s'exprimer, rassurer les fans et pour prouver que LIMBO c'est beau. On attaque avec *Attention au rouleau compresseur*, tiré justement du bouquin de SF qui a donné le nom du groupe. Notre hymne presque. Hurlements. Une marée noire, devant, en pleine extension. La voix de Calmos est bien posée, un peu tremblante, il doit penser, ce con, qu'il joue sa carrière ce soir. Moi, je n'ai pas le trac, je n'ai rien à jouer, je vis, c'est tout, je fonce et j'aligne les accords sèchement, sans rien faire vibrer. Fort, claquant, à la Williamson. Le pouvoir de la rage.

Ça roule comme ça pendant vingt minutes. La vitesse monte peu à peu. Dans la salle, ça vole, ça s'agite et ça commence même à bastonner. Un vrai concert de rock. Le public ne regrettera jamais d'avoir vu ça.

Le moment est venu. On vient d'attaquer *Zanzibar*, un gros blues dur à la AC/DC, j'aime pas trop mais Calmos en profite toujours pour faire sa mijaurée, du genre je m'agenouille à deux centimètres de greluches hystériques, je me frotte les tétons et, les grands soirs, je me fais un bain de foule à la Giscard d'Estaing. De l'esthétique.

C'est le moment. Je jette un coup d'œil aux deux autres derrière. Clins d'œil, sourires. Je le connais par cœur, le Calmos, il va chalouper du bas-ventre au-dessus d'un groupe de nanas qu'il a repéré en catalepsie chronique. Je m'avance, me mets juste derrière lui et, d'un violent coup de manche dans les reins, je le balance dans la salle. Cris, dont le sien, je l'ai entendu. C'était de la douleur. J'embraye sur d'autres riffs, plus violents, plus rapides. Les deux autres, derrière, suivent le mouvement. Je vois des visages inquiets du côté de la coulisse, mais pour l'instant, ils doivent se dire que c'est prévu, cette petite vacherie. J'ai une minute pour faire diversion, déplacer l'intérêt. Pour cela une seule solution : le son, un enfer de sons, une coupure épistémologique dans le son. Et en avant. Tous les trucs soi-disant interdits, les larsens, la saturation, les pédales enfoncées en même temps, le micro comme médiator, le catalogue perdu de la bonne déjante 70. Le public, comme un seul veau soudain hormoné, suit, hurle. Calmos se repointe sur le devant de la scène. Son babygro en cuir a morflé. Je le cueille d'un bon coup de savate et il replonge aussi sec, les bras en croix, dans le ressac de cuir, bananes et Doc Martens des premiers rangs. Lui qui voulait aller vers son vrai public, eh bien t'es content, démerde-toi.

Et là, faut jouer surprise, violent et démago. Faut pas hésiter sur les moyens.

Pendant trente minutes, on n'a joué qu'un seul morceau, immense, sursaturé, surviolent, riffs sur riffs, sans répit. Je me suis pris des sortes de solos à mi-chemin, pour la hargne. Ma tête chauffait à bloc, je me laissais complètement aller, c'était en même temps délicieux et douloureux. Mais c'est sorti, d'un bloc, comme ça. Je me suis exprimé, je ne sais plus vraiment, mais c'était du genre : alors bande de cons, on vient se défouler et après chacun chez bobonne, au travail, demain matin, ami ami avec les petits chefs et bonjour monsieur l'agent de police ! Du genre le rock, c'est le soir, c'est nous dans la ville, c'est cassons tout, au moins une fois, faisons-nous plaisir, on ne risque rien, les CRS n'arriveront que dans deux heures, et en plus on les emmerde, vive le pillage, à bas le travail, le fric, le flic, le froc ; jouissons sans entraves, les couilles des capitalistes, les chiens de garde partout, vive la mort, enfin bref, le catalogue Manufrance de l'anar de base, de l'autonome nidieunimaître, Makhno pense à nous, la

colonne Duruti est en marche, toute la pano-
plie.

Je sais, c'est un peu honteux, facile, mais ça
fait du bien.

Les fauteuils volaient. Ça se battait ferme.

Et j'y suis allé du couplet obligatoire sur les
vigiles et autres gardes du corps, j'ai vu des
mouvements violents au fin fond de la scène, je
me suis pris un accoudoir sur la tronche, je me
suis senti saigner, mais ça m'a fait plaisir, et du
sang sur le manche d'une Gibson, ça c'est la
classe et c'est reparti de plus belle, la révolution
oubliée, les riches à chier, les politiciens de mes
genoux, les connards de la FM, le rock vendu,
les enfoirés des maisons de disques, tout y est
passé. Tout ça en breaks, tout ça haché de disso-
nances, d'accords peut-être pas très nouveaux,
mais bien efficaces, énergiques, murs sonores,
blancs, comme chauffés à mort, imparables.

Des videurs sont arrivés sur scène. Jimi s'en
est payé un, dans le dos. J'ai appelé au secours.
Ça n'a pas traîné, les mecs n'attendaient que ça,
ils sont montés sur les planches pour envahir la
coulisse en pleine débandade.

J'ai remarqué Calmos, dans la salle, hébété,
les épaules saignantes.

J'ai attaqué, pour rigoler, *Dactylo Rock*, un
vrai rock prolétarien, et le son s'est coupé net.
Les salauds avaient baissé l'interrupteur.

Salauds ! j'ai hurlé. Repris en chœur par tout le monde. Et puis j'ai crié tous dehors avant que la flicaille arrive ! et tous aux abris ! et chacun pour soi ! et vive l'Anarchie !

Titine à la main, comme une massue, j'ai sauté dans la salle, atterrissant sur deux nanas qui pleuraient, en pleine crise. Dans le noir, c'était un bordel sans nom. Je me suis faufilé, la charge de la Brigade légère, prenant des coups, en donnant, jusqu'au milieu de la salle à moitié détruite. La lumière est revenue. Geronimo, les potes. Mini-Heysel, crypto-Altamont parisien. Des corps par terre, des cris, des hurlements à faire dresser les tifs d'un skin. Les escaliers dévalés comme par un dégueulis de foule, des vêtements et des pompes partout par terre. Dehors, le boulevard luisant. Des cris, plus sporadiques, plus organisés, plus vengeurs. Une voiture en feu. Des gens qui se battent sèchement, un baston plus conscient. Des passants courant en tous sens, des flics ramenant leur fraise sans trop savoir quoi faire. La circulation arrêtée, plus de mille types chauffés à mort dans la rue, courant sur les carrosseries, enfonçant des pare-brise. Des bruits de vitres qui pètent, un café envahi, à la limite de la mise à sac, une bonne ambiance.

Titine sous le bras, je me suis glissé le long des murs.

Trois cents mètres plus loin, c'était toujours

le bordel. L'Opéra allait se faire allumer, au train où ça allait.

Dans une rue adjacente, un porche. Deux étages, une porte peinte en bleu.

Denise, ma cousine, qui m'ouvre, me regarde, inquiète, fixant, exorbitée, le sang s'écoulant encore du dessus de mon crâne, et me demandant qu'est-ce que c'est ce bordel, dehors. C'est du rock, je lui dis en lui arrachant l'hospitalité pour la nuit. Dehors, on entend les premières sirènes. Ambulances ou poulets ?

Je m'en fous. La carrière de Calmos est bien lancée.

Sur le canapé, il y a un zappeur. Sur la 5, un téléfilm. *La Nuit du souvenir*, ça s'appelle. Je vais regarder ça, même si c'est con.

## Voiture 13

Le TGV Paris-Marseille est parti à 11 h 42 précises, glissant le long des quais de la gare de Lyon. Béat, Pierre regardait défiler calmement les voies de triage, les hauts murs, la fameuse rue Coriolis où, tout jeune, il se souvenait d'avoir voulu habiter. Il était assis, coin fenêtre, wagon fumeurs, en première, pour une fois ils n'avaient pas été pingres, à la compta, et il s'apprêtait à profiter de ces quatre heures pendant lesquelles on peut laisser son esprit, comme vidé de toute urgence, vagabonder, se perdre dans la contemplation défilante du dehors. Pierre se faisait une joie d'apercevoir la gare de Lieusaint-Moissy, quand on quitte les voies normales, les deux ou trois châteaux du Morvan, sur la gauche, les serres botaniques du grand parc de Lyon, sur la droite, et, plus loin, la sublime et terrifiante centrale atomique de Cruas-Meysse, sur l'autre rive du Rhône, avant Montélimar, tous ces petits points d'ancrage que se choisit le voyageur qui a l'habitude du trajet, un voyageur qui jamais ne s'ennuiera, justement à cause de ces rendez-vous intimes et secrets.

Il y avait pas mal de monde dans la voiture 13, mais la place à côté de celle de Pierre était restée vide, peut-être parce qu'elle était dans le sens contraire à la marche et que le mal au cœur est plus fréquent qu'on ne le croit. Pierre était détendu, le travail qu'il avait à faire en Avignon était simple, prévu, aucune complication possible. Il s'assoupirait quelques instants, bien sûr, quand le balancement du train saoulerait une bonne moitié des passagers comme figés sur leurs sièges, la bouche grande ouverte.

Il y avait beaucoup de personnes âgées, plus à l'aise sur la moquette des premières, et puis ceux qui ne sont jamais en seconde, les costards trois-pièces, ceux qui ont la calculette et le dossier de marketing posés sur la tablette, et les femmes de quarante ans, gros bracelet en or et longue cigarette blonde. Mais Pierre contemplait plutôt la banlieue, qui virait nettement du gris au vert, le jardin l'emportant petit à petit sur le béton, attendant les premiers grands champs nus de la Brie, où le train, comme un énorme coin de métal orange, s'enfonçait dans le paysage.

Quand la vitesse devint plus grande, le temps

s'incurva et, lorsque Pierre s'arracha de sa médi-
tation ferroviaire, une heure avait coulé silencieusement et le plateau du Morvan, aride et
doux à la fois, offrait le défilé de ses villages fiévreux.

C'est à ce moment-là que la femme s'est
assise à côté de lui. Pierre n'y prit garde, un peu
contrarié quand même de cette promiscuité, il
la regarda en coin, la quarantaine bien tassée,
le costume Chanel un peu fripé, elle se tordait
les mains et respirait très fort, comme le font
certains voyageurs d'Air Inter quand l'avion va
décoller. Pierre se demanda même si elle n'avait
pas un malaise, un peu inquiet, il guettait ses
réactions, elle se retournait souvent sur son
siège en lorgnant de chaque côté de la travée
centrale. Pierre réalisa qu'elle devait venir d'un
autre wagon, il ne l'avait pas repérée auparavant, il aurait remarqué cette chevelure rousse,
presque rouge, peut-être du henné, pensa-t-il.

— Aidez-moi, je vous en prie, lui dit-elle tout
à coup, d'une voix rauque, cassée, à la limite de
l'hystérie.

Pierre ne répondit pas, et par son silence
c'était comme s'il lui donnait le droit d'en dire
plus, alors qu'il maudissait le hasard qui le faisait tomber, lui, ce n'était pas de chance, sur
l'excitée de service, il pourrait toujours s'en

débarrasser après, ou changer de place ou bien aller s'en jeter un au bar, une voiture plus loin.

— Ils m'ont empoisonnée, j'en suis sûre, je vais mourir, je ne sais pas quand, aidez-moi, je vous en prie, le poison est en moi, j'en suis sûre...

Pierre la regarda. Les yeux de la femme étaient écarquillés par une réelle angoisse, un peu de sueur miroitait sur son grand front pâle, elle se tordait toujours les mains, tapait sur son sac à main bon marché, un détail qui ne collait pas avec le reste de la parure.

— On vous a empoisonnée ?

— C'est mon mari qui les envoie, ils veulent me supprimer, je les gêne, j'en sais trop, ah je suis bien trop gênante, j'ai réussi à leur échapper, mais ils m'ont fait boire leur saloperie, ils sont dans le train, ces ordures, j'en suis sûre, ils attendent maintenant que je meure, il faut prévenir ma fille, à Marseille...

— Vous pouvez toujours téléphoner du train, dit Pierre d'une voix douce, se demandant comment il fallait parler aux malades mentaux, pour les calmer, les rassurer. Et surtout s'en débarrasser...

— Ils le savent, ils doivent être près du téléphone, je ne pourrai jamais, et puis si je me lève, le poison va circuler plus vite et je serai morte avant d'arriver...

— Ça n'existe pas ce genre de poison, cal-
mez-vous...

— J'ai confiance en vous, il faut que vous
m'aidiez, vous avez un beau visage, répondit-
elle, regardant toujours de tous côtés, détaillant,
paniquée, tous ceux qui arpentaient la travée
centrale, plantant ses ongles dans le bras de
Pierre. Avant même qu'il puisse se dégager, elle
sortit de son sac un paquet de papier blanc scot-
ché à la va-vite et le mit de force dans les mains
du jeune homme. Prenez ça, je ne veux pas
qu'ils le trouvent...

— Mais...

— Je vous en prie, c'est tellement impor-
tant...

— Mais madame, je ne vous connais pas.

— Je vous ai regardé, vous êtes un homme
bon, je le sens, vous pouvez m'aider j'en suis
sûre, c'est fichu pour moi, ils m'ont eue...

Elle haletait de plus en plus, ses yeux papil-
lonnaient dans tous les sens.

— Écoutez, c'est simple, à Marseille, sur
le quai, ma fille sera peut-être là, je l'espère
tellement, ma pauvre petite fille chérie, elle
seule m'aime et me comprend, vous me rendrez
alors ce paquet, si tout va bien. Si je meurs
d'ici-là, vous le lui donnerez, je vous marque
l'adresse.

Elle griffonna quelques mots sur l'emballage

du paquet, tellement nerveuse qu'elle déchira à moitié le papier.

— Mais madame, je descends à la gare d'Avignon !

Mais elle ne l'écoutait plus, elle se tenait le ventre, courbée de douleur, elle regardait Pierre, implorante, et puis elle s'est levée, comme mue par un ressort, partant vers les secondes, titubant à moitié dans la travée, s'appuyant sur un voyageur au passage. Pauvre folle, pensa Pierre qui faillit se lever pour suivre la femme, voir un peu ce qu'elle allait bien pouvoir faire.

Mais il ne bougea pas, voyant, dehors, le paysage ralentir, le TGV arrivait à Montchanin-Montceau-les-Mines, les quais de bitume sombre, presque déserts, glissaient déjà le long de la rame. Pierre réfléchit, peut-être devrait-il prévenir le contrôleur, ou demander s'il y a un docteur dans le train, se perdit un peu dans toutes ces suppositions, et le train redémarra avec la lenteur régulière des puissantes machines.

Pierre ouvrit alors le paquet, peut-être des vieux papiers, des livres usagés, des trucs sans importance, comme les fous aiment bien amasser. Ébahi, il découvrit trois liasses épaisses de billets de cinq cents francs et des titres au porteur, il n'osa même pas calculer la valeur du tout, il y en avait pour des millions et des millions. Il sifflota, subitement inquiet, sur ses gardes, sa peau frissonnait, c'était très mauvais tout ça, l'image de la folle se changeant dans son esprit au profit de quelqu'un effectivement en danger.

Il parvint à enfoncer le paquet dans la petite boîte à ordures, sous la fenêtre, mit son cartable penché dessus et alla à la recherche de la femme perdue.

Il parcourut tout le train jusqu'à la voiture 18, dévisageant tout le monde, regardant dans tous les faibles recoins des wagons où s'entassent les valises, refit toute la rame en sens inverse, ouvrant toutes les portes des toilettes ou bien attendant, devant celles occupées, que la personne en sorte. Il n'y en avait qu'une, voiture 16, restant irrémédiablement close, jusqu'à ce qu'un voyageur lui signifie qu'elle était fermée. Il ne revit pas la femme. Il chercha le contrôleur, le trouva deux wagons plus loin, lui demanda s'il avait vu descendre une femme rousse à Montchanin, le contrôleur lui répondit qu'il n'avait pas vraiment fait attention, mais qu'il lui semblait bien que oui et c'était pourquoi toutes ces questions ?

Pierre le remercia, tout ça n'avait que peu d'importance, retourna à sa place, le paquet était toujours dans la poubelle, il le ressortit, vérifia l'adresse, c'était une adresse apparemment complète, mais tout ce fric lui tournait la tête, et il remit le paquet dans son petit logement de métal.

Il regarda dehors les coteaux du Lyonnais glisser, un peu obscurs et lointains, et la Saône, plus bas. On allait arriver à Lyon, le train ne s'arrêterait pas, il allait direct à Valence. Pas d'autre solution. La femme était descendue à Montchanin... Que faire du paquet ? En Avignon, il enverrait le tout par la Poste. Et s'il le gardait ?

Un homme entre deux âges s'est alors assis à côté de lui.

Pierre l'a regardé en coin, un peu gagné par la paranoïa. L'homme lui sourit, comme gêné de l'insistance de son regard. Pierre ne toucha plus à la poubelle, sortit même un journal pour se donner une occupation, pour se calmer.

Le train quittait Lyon quand l'homme, la cinquantaine, tempes argentées, veston sombre, lui offrit une cigarette. Pierre le remercia, il ne fumait que des brunes. Il ne pouvait plus penser, il ne pouvait même plus détailler le paysage qui défilait comme amorphe devant ses yeux.

— Je suis très embêté, dit l'homme, au milieu du tunnel, juste avant Vienne. Ma femme vous a longuement parlé, tout à l'heure. J'espère qu'elle ne vous a pas ennuyé...

Pierre se raidit, il avait envie de hurler, tout à coup.

— Elle est très fragile nerveusement, et elle raconte à qui veut l'entendre des histoires d'espionnage totalement rocambolesques, elle croit que tout le monde veut la supprimer, je la conduisais à Marseille dans une clinique spécialisée, elle m'a échappé, je ne savais pas que le train allait s'arrêter à Montceau-les-Mines, et elle est sûrement descendue à mon insu, c'est terrible...

Se taire ou refuser de parler, c'était idiot... Il fallait noyer le poisson... Savoir, juger, donner le change.

— En effet, c'était assez incohérent... a murmuré Pierre dont le cœur battait à tout rompre.

— Elle ne vous a rien dit de précis, où elle allait ou quelque chose comme ça ?

— Non, dit Pierre. Elle a beaucoup parlé de sa fille, à Marseille...

— Ah oui, la pauvre, elle n'a jamais pu avoir d'enfant... C'est aussi une des raisons de son malheur mental, de ses dérapages...

— J'ai cru comprendre, dit Pierre sans se mouiller. Elle a parlé aussi d'empoisonnement, j'ai rien compris...

— C'est elle qui m'empoisonne, oui... En plus elle est kleptomane, elle se balade avec de l'argent, beaucoup d'argent, le mien, elle me prend tout, dès que j'ai le dos tourné, elle me pique tout, la petite vengeance d'une démente, et ensuite, elle le donne à n'importe qui...

— C'est idiot...

— Vous l'avez dit, dit le type en le regardant fixement, j'en parlais justement à mon ami, là-bas, il montrait un immense type qui les regardait derrière la porte coulissante, c'est son docteur...

— Ah... dit Pierre, qui sentait une sueur glacée courir sur son dos.

— Il va falloir encore que je prévienne la police... Vous descendez où ?

— Avignon.

— On vous demandera sans doute votre témoignage.

Et ça tombe sur moi, merde, pensa Pierre. Il retourna dans sa tête le problème dans tous les sens, ne parvint pas à une bonne réponse, sinon qu'il ne fallait pas s'en mêler.

— Je suis voiture 15, dit l'homme en se levant.

— Attendez, couina Pierre prenant le paquet dans la poubelle. Comprenez-moi. C'était assez délicat, il fallait que je sois sûr...

— Je comprends. Merci de votre honnêteté, monsieur, dit le mari qui se leva immédiatement et passa dans l'autre wagon, prenant le « docteur » au passage.

Pierre se dit, en soufflant profondément, comme ça c'est réglé, ce n'est pas de la lâcheté, ça ne peut être que le mari, il n'y a pas d'autre solution, il a récupéré son bien, c'est fini. Tout rentre dans l'ordre.

Le train s'est arrêté à Valence. Pierre commençait enfin à se calmer, l'image de la femme s'estompait déjà dans sa mémoire.

Le train repartit doucement. Sur le quai, Pierre vit distinctement le mari et l'homme très grand, courir sur le quai, vers les escalators de sortie.

À Montélimar, le train fut bloqué une heure, le temps nécessaire aux pompiers et aux mécaniciens de la SNCF pour démonter la porte des toilettes de la voiture 16, bloquée par un corps enfermé à l'intérieur, que les pompiers emmenèrent sur une civière recouverte d'une couverture. Pierre n'eut pas le cœur de demander à quelqu'un qui c'était.

## Histoire de truffe

Les Petits Chefs de Meute commencent sérieusement à me hérisser le poil. Je sais ce que j'aboie, j'ai cinq ans, je suis en pleine force de l'âge, j'ai la truffe sèche, le garrot lustré et le coussinet élastique. Je n'ai pas besoin de muselière, n'ayant de dent contre personne.

J'obéis. Telle est ma vie bâtarde, j'obéis.

Et je travaille, inlassablement je bosse, mon nez entrant dans le monde, le fendant, s'enfonçant dedans comme un coin renifleur dans une masse informe d'odeurs solides.

Mais ouah ! ça suffit, j'ai décidé d'en finir. Aujourd'hui.

Il faut qu'ils comprennent que sentir ne peut être un travail. Je sens, donc je suis. Je ne fais pas. Mon grand nez poilu n'est pas un outil, ou un appareil de mesure. C'est une partie de moi qui me fait comprendre où je suis, qui je suis, et ce que je fous ici... Et je ne fais pas le cabot en grognant ça.

Mes parents doivent toujours vivre là où je suis né, dans la montagne, courant après le fumet anarchiste des moutons égarés, traversant d'abrutissants champs de lavande, se roulant dans l'herbe humide et fade, tentant vainement d'éviter l'épice insupportable laissée partout par la dizaine de chats de la baraque.

Mais ils sont heureux, eux, car ils vivent avec le Maître, celui dont le parfum a tout de suite remplacé l'odeur de poil mouillé de lait de la mère, celui qui, me perdant volontairement dans ce monde rempli d'odeurs idiotes et dangereuses, me ramenait, le soir, harassé, au bercail où, couché près de la cuisinière sentant cette masse confuse de viande et de soupe, j'ai pu le définir comme mon premier Grand Chef de la Meute, avec respect, avec amour, avec crainte.

Et puis le Maître s'est mis dans la tête de me fourrer le museau sur de drôles de champignons noirs, comme de petites patates, à l'odeur grasse et écœurante d'excrément. Il me conduisait, enlaissé, dans la garrigue et me forçait à dénicher, au pied des chênes verts, sous la terre, ces boules terreuses qu'il mettait, hilare, dans un grand panier.

Plus j'en trouvais, plus il était content, et j'avais droit alors à des caresses fortes et dures.

Pourtant il y avait mille choses, sur la terre, qui sentaient meilleur que ça. Il n'avait pas l'air de comprendre que je percevais mieux les «idées» que les «choses» : un sucre, ça ne sent pas le sucre, mais la bonté. La sueur sent plus la peur que la pisse. L'ironie et l'hypocrisie plus fort que la pâtée immonde qu'il me semait le soir.

Mais j'étais heureux quand il prononçait mon nom.

Un jour, tout a changé, j'avais un peu plus d'un an. Des frères puants étaient arrivés. Le Maître m'a amené dans la glace, plus haut dans la montagne. Pendant six mois, il est resté avec moi, à faire des trous dans la neige, à se cacher dedans. Après, il fallait que je Le retrouve. Un jeu compliqué, je me suis souvent glacé les pattes, et mes reins gelaient. Et puis, il m'a fait jouer avec d'autres partenaires, tous habillés de bleu, qui se perdaient eux aussi sous la neige, et que je retrouvais à toute vitesse pour Lui faire plaisir. J'étais content, car le Maître me regardait avec fierté.

Une odeur légèrement musquée, la fierté.

Et puis Il a disparu.

Plusieurs fois, on m'a traîné dans de grands tas de neige où beaucoup de petits maîtres criaient, affolés. Le jeu continuait, peut-être le Maître était-il caché quelque part. C'était dur, il y avait plein d'êtres enfouis sous la neige, qui sentaient fort la peur et l'angoisse, ou bien qui étaient en train de perdre leur odeur. Quand je les avais trouvés, je repartais chercher mon Maître, caché quelque part. Le jeu fut très difficile, et très long, et j'ai perdu, car un jour, j'ai senti le Maître dans la pièce d'à côté : Il avait abandonné le jeu et venait me chercher.

J'étais heureux, même si je ne comprenais plus rien.

Il m'a mené à la ville. Odeurs d'essence et d'autres moi-même. Là, Il m'a confié à d'autres Petits Maîtres, encore habillés de bleu, et le jeu a continué. Si je repérais, dans des paquets, des valises, des sacs, l'odeur âcre d'une sorte de poudre, j'avais droit à des rudes caresses, celles qu'ils donnent en criant des mots d'enfants, et, surtout, je gagnais une journée de repos avec mon Maître. On se promenait dans des sortes de hangars dégueulasses, pleins d'huile et de papier, avec un bruit terrible, des sifflements venus du ciel, tout le temps, je n'avais plus tellement envie de courir, à perdre le souffle, comme avant, mais j'étais content, le Maître me regardait encore souvent dans les yeux.

Et pourtant, j'en sentais, des odeurs, attaché que j'étais devant ces ombres qui défilaient, leurs valises à la main. Des odeurs de vieux pieds, de chaussettes, de cigarettes, des odeurs de fatigue surtout. Et dans les sacs, il y avait mille trucs, des odeurs de gâteaux inconnus, des odeurs de bêtes, de montagne, de poisson. Des trucs pas très intéressants mais, en tout cas, bien plus agréables que l'odeur un peu acide de cette farine qu'il me fallait trouver, pour que le jeu continue. C'était facile. Elle accompagnait presque toujours celle, plus tonitruante, de la peur et de l'angoisse. Ou du poivre, jeu suprême.

Je trouvais toujours, mais mon Maître ne reparaissait pas. Peut-être que je n'en trouvais pas assez. Alors, j'ai continué, la mort dans l'âme, le nez en avant, la truffe aux abois, chauffée à blanc par tous ces reniflements successifs. On était content de moi. On m'a pris en photo. Ils m'ont aveuglé plusieurs fois, fiers de me tenir en laisse, la main sur mon poitrail. Les cons.

Et le Maître chéri est revenu un jour. Avec un autre comme moi, que j'ai mordu à la gorge. J'ai été battu. Puis caressé. Je ne comprenais plus rien. Il me fallait chercher maintenant avec lui, qui n'était même pas un frère, et plus vite que lui, si je voulais repartir avec mon Maître, chercher une autre odeur, celle de petits paquets de pâte brune, ou des bâtonnets de matière grisâtre que personne n'aimait, car je sentais la peur, quand j'en trouvais. Et on m'emmenait loin d'eux, à toute vitesse.

Aujourd'hui, cela fait trop longtemps que le Maître n'est pas revenu. Je ne suis pas crétin au point de ne pas me rendre compte qu'Il a choisi l'autre. C'est fini, je ne reviendrai plus dans la montagne où mes parents courent encore après la trace un peu forte des lièvres. Je suis, aujourd'hui, trop loin du soleil et du vent. Je suis sous la terre, dans une sorte de train tellement puant qu'il m'est impossible de savoir ce que ça sent, et je dois jouer à ce jeu qui ne me plaît plus, à ce jeu où l'on me tient, presque étranglé à une laisse de cuir, avec des Petits Maîtres suintant la peur, et beuglant pour la tromper. Je ne comprends plus pourquoi je devrais trouver ces paquets dont ils ne se servent même pas, ces paquets qu'ils ne sont même pas contents de trouver.

Il faudrait qu'ils sachent qu'on ne sent pas, mais qu'on est ce que l'on sent. On est le champignon, le maître sous la neige, le lapin dans le sous-bois. Je ne parviens pas à être cette poudre blanche ou cette pâte grisâtre. Mais comment leur dire ?

D'ailleurs, sous la banquette, il y en a un. Un paquet. Un gros. Je ne fais rien, je passe à côté. Je m'en fous. J'en ai plein le pedigree. Je ne peux plus les sentir.

On me crie dans les oreilles et on m'emmène.

Un grand éclair, un grand bruit, et une grande
chaleur me passe sur l'échine.


Jean-Bernard Pouy, « Histoire de truffe »,
*in Odeurs*, Paris, © Éditions Autrement,
collection « Mutations », n° 92, septembre 1987

## La dernière année
## avant la mobylette

Dieu en avait vraiment ras le béret. Conduire le même car, deux fois par jour, sur les mêmes routes, cinq jours par semaine, sous la même pluie fine, et ça pendant toute l'année scolaire, ne pouvait pas être une idée convenable du paradis. Avoir, derrière, entassée sur les sièges de faible cuir, cette flopée de gniards, le matin de méchante humeur et le soir hurlants, énervés, aux lisières de l'hystérie, était, par contre, une variante du purgatoire. Mais se coller, depuis deux ans, les Infas et les Indès, là, c'était une des préfigurations possibles de l'enfer.

Son vrai nom était Marcel Leguern, la cinquantaine bien tapée, chauffeur de car de ramassage scolaire sur le trajet Maël-Carhaix, Paule, Plévin, Le Moustoir et enfin le CES de Carhaix. Pourquoi les mômes l'avaient surnommé Dieu, ça, va savoir... Bien sûr qu'il était obligé de gueuler, d'une voix aussi minérale que le terrain alentour, ardoisières, schistes, granit, pour rétablir l'ordre dans le fond du car, une fois même il avait été dans l'obligation de menacer d'une distribution de mandales afin d'interrompre une mêlée qui allait dégénérer en Heysel miniature, mais jamais il n'avait donné l'impression d'être un être supérieur et il savait bien que la plupart des petites têtes assises, bondissantes, derrière, en savaient plus que lui sur les Grecs et les Égyptiens. La Mésopotamie, pour lui, c'était le pays des hippopotames et sa seule appréciation du supérieur était l'étiquette de la bouteille de vin qu'il épuisait consciencieusement le soir, une fois que le car était vide, nettoyé et rangé dans le hangar municipal.

Mais, évidente appréciation du réel, les petits devenaient grands. Maintenant, le gros de la troupe était en quatrième, les gosses timides, timorés du début avaient petit à petit muté en ados vaguement boutonneux, voix graves et distanciées, injures permanentes au bord de leurs lèvres déjà finement ourlées de moustaches naissantes, et le baston entre les deux bandes rivales du coin devenait un sport local, malheureusement réservé au fond de son car. Dieu, un œil fixé devant lui, ne quittant pas les courbes vicieuses d'une route glissante de bouses détrempées, et l'autre sur le rétroviseur pour mater l'état des lieux problématiques, les sièges arrière, tentait, soir et matin, d'amener ses ouailles à bon port.

Il mettait les petits et les isolés devant, pas loin de lui, poule couvant encore les plus calmes de ses poussins, et laissait l'arrière du Saviem aux abrutis. À gauche les Infas, à droite les Indès. Quand le car s'arrêtait, arche de Noé s'échouant sur un Ararat breton, les Infas descendaient par la porte avant, les Indès s'échappaient par la porte arrière, Dieu au milieu. Pour éviter les coups bas, les règlements de comptes, le coup de cartable dans la tronche, la tatane balancée haut, à la chinoise, et peut-être des trucs plus terribles. Dieu, qui ne voyait quand même pas tout, savait l'existence de couteaux, de cutters, d'engins plus ou mois asiatiques probablement ninja, débarqués illico de feuilletons télé à la con.

Pourquoi ces deux bandes avaient pris ces bizarres dénominations, Dieu ne le savait pas, s'en foutait, après tout, ils auraient pu s'appeler les Capulet et les Montaigu, s'ils voulaient tous s'entre-tuer, ce n'était pas son problème. Mais pas dans son car. Pas dans son microcosme à roulettes. Pas dans sa seconde maison dont quelques dossiers avaient déjà été lacérés au couteau, ces petits cons avaient vraiment des lames, et ça lui donnait froid aux os, à Dieu, même s'il se souvenait de trucs pas nets quand il avait fait la guerre d'Algérie, la seule fois où il était sorti de ses Montagnes Noires. Pas dans son lieu de travail dont les murs d'acier étaient quelquefois maculés d'inscriptions au feutre, va les effacer, tiens, au trichlo, bon courage. Ça suffisait comme ça.

À Maël, il embarquait des petites filles un peu défaites dans le petit matin, le visage encore strié par la couette, recroquevillées dans leurs cirés et K-way de couleur, et la bande des Infas, six garçons et deux filles, aux regards déjà agressifs, aux attitudes de guerriers montant au front. À Paule, des isolés sentant la crêpe montaient, silencieux, dans le car, laissant précautionneusement libres les sièges qui seraient occupés à Plévin par la bande des Indès, sept garçons et trois filles, aux yeux désormais fiévreux, aux épaules courbées comme pour déjà éviter des coups possibles et en donner de probables.

Dieu regardait la télé, le soir. Le pauvre. Il observait, avec effarement, tous ces reportages saignants sur notre belle jeunesse de banlieue, ces enfants qui ne l'étaient plus, misère et urbanité, désœuvrement et fausses pistes, ennui et analphabétisme. Il entendait parler de pillages de centres commerciaux, de batailles rangées, de bombages sur les murs et les trains, de mort violente, quelquefois, et tremblait de tout son être en ne comprenant pas ce que pouvaient bien vouloir dire des mots aussi étranges que zoulou, verlan, beur, keuf, rap. Les déments qu'il véhiculait tous les jours ne leur ressemblaient pas, n'avaient pas le langage si puissamment codé des banlieusards de Paris, Lyon ou Marseille, n'avaient pas encore tout à fait collé à toute cette mythologie du blouson de couleur et de la godasse délacée, mais avaient tout à fait les mêmes sourires perdus, et surtout le même regard, acéré, jusqu'au-boutiste, celui qu'il avait connu dans les yeux des «blousons noirs» de sa jeunesse, à Quimper, et après, sur les faces embiérées des jeunes ouvriers agricoles, en fin de bal, vers les quatre heures du matin. Ces sourires qui ne changent pas, que ce soit pour le dépiautage d'un bonbon ou pour la vision d'un corps en sang, par terre, ces regards qui ne percent qu'à cet âge-là, qui n'expriment rien, et qui ne parlent que d'une chose, la vengeance envers l'enfance qu'on ne supporte plus et envers la vie sublimement morne qui arrive. Des regards qui disent : «Profitons-en, c'est le seul moment où personne, absolument personne ne peut comprendre ce qui nous arrive, où personne ne peut intervenir.» Ces regards qui ne portent qu'une expression : la haine. Idiote, inextinguible, totale, injustifiée. Mais réelle. Puisqu'il faut haïr. Puisque c'est la seule chose que les adultes ne peuvent réellement maîtriser.

La haine.

Dieu ne savait pas les raisons exactes de la

rivalité entre ceux de Maël et ceux de Plévin. Il savait que ça collait à peu près avec la personnalité des deux chefs de bande, le Pierrot Sparfel de Maël et le Bruno Ledreff de Plévin. Peut-être parce que le premier était blond et longiligne, teint de pêche et cheveux longs, et l'autre petit, râblé et plutôt noiraud, comme les gens de la baie d'Audierne, qu'on appelle les Chinois. Tous deux aussi chafouins, dangereux, glissants. Mais ça ne pouvait pas être aussi simple. Et ça ne l'était pas. La rivalité entre les deux gosses avait commencé dès leur arrivée en sixième, au CES. Parce qu'il fallait que ça arrive. Comme s'ils s'étaient attendus pendant dix ans et plus. Avant, ils ne se connaissaient pas, ne fréquentaient pas les mêmes écoles. Ils avaient, peut-être, il y a longtemps, dû s'apercevoir, et se jauger, pendant une fête, un critérium cycliste, un feu d'artifice, un festnoz. Le premier jour d'école, ils s'étaient absurdement empoignés dans la cour du CES, drainant autour d'eux leurs supporters immédiats, chacun ayant choisi son camp dans la foulée, querelle de clochers larvée, enfin du sport, enfin du sang, et le directeur les avait séparés, les punissant avec l'impartialité et la dureté exemplaires qui ne donnent jamais l'effet escompté. Et quand le vieux prof d'histoire leur avait parlé des anciens temps d'Égypte, et des pyramides, et de ce tombeau duquel l'âme du pharaon, pour participer à l'immortalité sidérale, surgissait, après avoir gravi l'escalier, face aux étoiles toujours brillantes, sans cesse près du pôle, les infatigables et les indestructibles, les deux gamins avaient trouvé leur voie, eux aussi, et choisi ce qu'ils pensaient les séparer à jamais.

Par la suite, tout s'était aggravé dans cette dichotomie facile, pratique. Ils avaient même, dans leur totale et avouée indifférence, remonté le temps. Les Infas étaient irrémédiablement Duplo et poupées Ninja, les Indès, Playmobil et Ghostbusters. Les premiers défendaient le club de foot de Brest, les seconds hurlaient pour Rennes. Les uns ne juraient que par Adidas, et les autres par Nike. D'un côté le rock, de l'autre le rap. Johnny Hallyday contre Public Enemy. Les références Infas, c'étaient Rambo et Stallone, et les Indès privilégiaient bien sûr Terminator et Schwarzenegger. Dans cette répartition duale du monde, ça devenait vite n'importe quoi. Puisqu'il fallait s'opposer, tout était bon, chaque motif trouvant immédiatement son contraire. Ce fut Sparte contre Athènes, Honda contre Yamaha, Côtes d'Armor contre Finistère, Opinel contre Laguiole, Belmondo contre Delon, Peugeot contre Renault, Intermarché contre Centre Leclerc, Prost contre Senna, Mylène Farmer contre Patricia Kaas. Évidemment ils en profitaient, entendant leurs parents se déchirer entre jospinistes et fabiusiens, entre chiraquiens et pasquaïstes, entre giscardiens et lepénistes. Quand ce n'était pas l'École libre contre la Laïque, le chou-fleur contre l'artichaut, la Une contre la Cinq. L'essentiel était de trouver un immédiat terrain de bagarre et d'invective, puisque aucun argument ne pouvait faire force de loi. Et ceux, les protoanarchistes, qui, à la récréation, pouvaient prétendre qu'entre Nike et Adidas, blanc bonnet et bonnet blanc on s'en fout royalement, faisaient mieux de mesurer leurs abattis, ils ne faisaient pas le poids, l'union fait la force et leurs places dans le car étaient de véritables sièges éjectables. Les deux bandes pouvaient, un court instant, se regrouper pour leur apprendre durement, trop durement, les effets obligatoires de la dialectique.

Aux beaux jours, le samedi et le dimanche, chacun partait de son côté, flâner et médire, une bande sur les rives du lac de Glomel ; l'autre sur l'herbe au bord du plan d'eau de Maël. Ils y allaient en vélo, se regroupaient frileusement loin des autres baigneurs, pour fumer, s'agiter, échafauder des plans, cracher nerveusement par terre, maudire.

Par deux fois, sans vraiment le vouloir, hasard des pérégrinations sur les départementales, ils s'étaient rencontrés sur la route de Paule. Deux brefs et sanglants affrontements qui avaient fait de petits blessés, qui avaient inquiété les parents, obligeant ces derniers à entrer dans le jeu absurde. La menace atroce d'être envoyés chez les curés de Rostrenen avait un instant calmé le jeu. La pension, jamais. Non pas à cause du dortoir et du châtiment corporel toujours possible en lieu clos. Non. Mais ils ne monteraient plus dans le car, n'auraient plus à défiler dans la travée centrale, évitant les crachats et les crocs-en-jambe, répondant du tac au tac aux injures les plus saignantes, celles pour lesquelles on ne dort plus, celles qui réclament du sang, celles qui concernent la vie passée de la mère, ou la vie présente de la sœur.

Dieu savait que la plupart du temps les deux bandes s'évitaient soigneusement, ne réservant l'affrontement codé et obligatoire qu'au fond de son car. Le court trajet, deux fois par jour, leur suffisait amplement pour se décharger de toute l'énergie haineuse accumulée dans la tête et les membres, une demi-heure de tension suprême, sans échappatoire, comme sur un ring en mouvement. Et ce n'était pas ce débile de Dieu qui pouvait espérer faire l'arbitre. Les forces étaient à peu près équilibrées, les filles n'étant d'aucun secours si ce n'est pour les trouvailles verbales et le volume sonore. Quand l'un des gosses était en retard, ou malade, et que les forces penchaient d'un côté, la bande en manque resserrait les coudes, pensant forte- ment se venger le jour où les rôles seraient inversés.

Ce soir-là, un vendredi soir, Dieu, devant le CES, remarqua l'état particulièrement agité de ses passagers, toute la fatigue et l'énervement de la semaine accumulés. En montant dans le car, une bousculade haineuse provoqua la chute d'une petite fille de Paule qui se mit à hurler de terreur, à moitié piétinée par un grand con de Plévin, voulant s'emparer du premier siège des Indès, à côté de son chef. Ce jour-là, il pleuvait et Dieu, au bas des marches de son engin, avait son parapluie à la main. Il tapa. Durement. Pro- tégeant l'innocent, il était enfin entré dans la danse. L'Indès le regarda, œil glacé, froid, presque mort, rictus aux lèvres et, très calme- ment, lui décocha un coup de pied en traître, par en dessous, un coup de latte d'un môme de treize ans, c'est-à-dire rapide, fort, méchant. Dieu l'évita, le parapluie prenant de plein fouet le bout de la godasse. Le gosse, vert de rage, se reprit un coup de pébroque sur le crâne, regarda, vexé à mort, ce Dieu frappeur, et alla au fond du car, serrant les épaules. Quand tout le monde fut rangé dans son bahut, Dieu fut étonné du silence qui y régnait. Seule la petite fille geignait, près de la vitre, juste derrière son siège de conducteur. Dieu crut avoir enfin trouvé la parade. Il but, en cachette, un grand coup de calva pour se redonner du chaud aux os glacés par la pluie fine, et encore une autre lampée pour chasser la mauvaise conscience, quand même, d'avoir tapé sur un enfant. Il remonta dans le car et commit l'erreur d'enfoncer le clou. Il se mit à hurler, parapluie dressé, injuriant copieusement tous ces petits cons qui lui bouffaient la vie et piétinaient les petits. Il se moqua d'eux. Trouva des noms d'oiseaux. Leur fit comprendre que des jobards comme eux, il s'en bouffait, quand il avait le même âge, deux à son petit déjeuner. Les rabaissa. Fut vraiment terre à terre.

Puis, calmé, Dieu mit le moteur en marche.

Le car dépassa la rocade, à l'entrée de Carhaix, et prit la nationale. Il s'arrêta au hameau de La Limite, pour cracher deux élèves, silencieux et soulagés. Il stoppa au Moustoir pour laisser échapper trois petites filles bien contentes de voir que la vieille église de pierre était toujours là.

Puis il prit, à droite, la départementale pour Plévin, franchit le canal à Guariva, regarda dans le rétroviseur, tout content de voir que, derrière, le calme régnait. Un peu étonné, il vit des Infas parler avec des Indès.

Dieu pensa avoir fait enfin son boulot. D'engueuler tous ces crétins en bloc avait peut-être créé une animosité imparable contre lui, mais avait fait en sorte que ce bordel de rivalité disparaisse. Au moins pour ce jour-là.

Occupé à négocier deux virages difficiles derrière le petit bois de Coat-Farigou, il ne vit pas Sparfel et Ledreff, accompagnés par l'Indès qui avait pris les deux coups de parapluie, arriver derrière lui à toute vitesse. Dieu vit un couteau dans une main. Dieu hurla, s'accrochant à son volant, levant la main pour se protéger.

Le car fit une embardée et versa dans le fossé.

Il y eut cinq blessés, trois petites filles, un garçon plus grand, et Dieu.

On lui fit l'alcootest.

Positif.

Dieu a perdu son boulot.

Jean-Bernard Pouy, « La dernière année avant la mobylette », in *Les 10-13 ans*, Paris, © Éditions Autrement, collection « Mutations », n° 123, septembre 1991

# *Un*

*A priori*, tout va bien. Si un extraterrestre façon X-Files débonnaire me regarde à la loupe interstellaire, il peut dire que je suis un privilégié. Dix-sept ans. Des parents aisés, zézés si on fait la liaison, et qui habitent le faubourg Saint-Germain. Mon père use ses phalanges sur un clavier de piano, s'habille quelquefois en pingouin pour aller concertiser rive droite et, entre-temps, nous assène ses gammes de neuf à dix-sept. Maman travaille. Ouais.

Une maison d'édition qui se bat chaque année en novembre pour avoir des prix qu'on oublie vite fait deux mois après. Ma petite sœur est comme moi, lycéenne, version acné, elle est en quatrième et considère les Spice Girls plus bandantes que les sœurs Brontë. Moi, je suis en première L, c'est dire que je m'intéresse à la littérature dans un bahut où les maths et les sciences tiennent le haut du pavé, ce même pavé, celui de 68, que tout le monde occulte à mort.

Et mon bahut c'est H4, comme on dit, le top des taupes, pépinière bien protégée derrière les Hauts Murs du Panthéon à qui la Patrie Reconnaissante et blablabla. Le lycée hyperclassieux chicosse, avec sa tour Clovis branlante, ses trucs classés, les cheminées dans les classes, la bibli d'enfer et de chères têtes, blondes à 75 %. En lettres, je suis bon. Enfin, presque. Un peu plus de la moyenne, c'est déjà pas mal. Le reste, bof ! on fait ce qu'on peut pour ne pas dépasser la date de fraîcheur. Encore un an avant le bac et, après, la liberté de ne faire que ce qu'on aime. Moi, je ne sais pas trop. Des études sans doute.

De lettres. Tu parles d'un avenir, quand je vois ma mère.

En français, je me défonce, je cherche le plaisir. Se taper un devoir, une dissertation, une analyse de textes, faut vraiment trouver son éclate là-dedans. Alors, moi, à chaque fois, j'innove. Je tente, j'explore les limites, je parle de moi, quelquefois des autres.

Un coup sur deux, je me plante. Moi, ce que j'aime surtout, c'est lire. Des fois, je me cogne une sale note, genre cinq, ou six, vous n'avez pas traité le sujet, arrêtez vos provocations, ce n'est pas comme ça que vous aurez l'examen, faire son intéressant n'intéressera pas toujours votre correcteur, et ratata et ratata. Ça ne fait rien, le plaisir est là. Des fois un douze, un treize, c'est bien, de bonnes idées, mais collez plus au sujet, ne vous échappez pas trop.

Moi, j'aime m'échapper, m'évader, me barrer. C'est comme ça que je supporte l'idée d'aller tous les jours huit heures dans cette usine à têtes bien faites où rien ne doit dépasser à part ce qui est officiellement dépassable.

Mon prof de lettres, c'est une femme, elle connaît ma mère, je ne sais pas si ça me sert ou me dessert, le café et l'addition, mais cette bêtasse s'est mis dans la tête de faire de moi quelqu'un capable d'avoir quatorze au bac. Programme d'enfer. Et moi, je m'oppose. Du mieux que je peux, je suis ma ligne, le plaisir toujours le plaisir et encore le plaisir. Sinon, je bloque. Et la dernière dissertation, sur Flaubert, en avant, en gros, en quoi fonctionne-t-il comme une coupure opérante, à tes souhaits, accroche-toi au pinceau, j'enlève l'échelle des valeurs ; eh bien, là, je me suis éclaté, et j'ai commencé par un extrait de Biribi de Georges Darien où il écrit carrément : «*Flaubert s'est trompé.*» Rien que ça et après j'ai développé genre la littérature d'intervention sociale, le combat, la beauté du tract, dada et tout le bazar et le bataclan.

La prof rend les copies. La bouche barrée par le sarcasme. Par ordre alphabétique. Ça va être mon tour. Deux douze et un neuf avant que ça me tombe dessus, avec des commentaires du genre pas mal, un peu convenu, toujours aussi scolaire, mais bon, y'a pas grand-chose à dire. Ça y est, c'est à moi.

— Un.

J'ai pas bien entendu.

— Pardon ?

— Un, assène la prof.

Elle me regarde à travers ses lunettes sans monture. Elle s'est fait une grosse tresse à la russe. Elle a mis son pull jacquard. Elle est jolie. La quarantaine claire et un peu effrénée.

— Un. Parce que vous vous foutez du monde. Parce qu'il serait temps que vous compreniez que nous ne sommes pas dans un café littéraire. Parce qu'il conviendrait que vous ne vous prenassiez pas pour Rimbaud.

Elle se moque. Le subjonctif faux. Elle se fout de ma gueule. J'en ai peut-être mis un, mais bon, celui-là il était juste.

— C'est dégueulasse, j'ai échappé.

— Pardon ?

— Je dis que c'est honteux, madame. L'effort que j'ai fourni, les références que j'ai trouvées, la réflexion, même spécieuse, que j'ai menée, ça ne vaut pas «un». Pas la moyenne, peut-être, selon votre sacerdoce, mais surtout pas «un», c'est un abus de pouvoir.

— Vous êtes un crétin, doublé d'un frimeur. Vous ne vous prenez pas pour une merde. Ce

« un » servira à rabaisser votre caquet. Vous êtes dans une classe qui se prépare à un examen de fin d'année, vous n'êtes pas dans un salon de dandy fumeux…

Les autres se marrent. J'en peux plus. Déjà qu'ils me vannent tout le temps quand je tente de les débarrasser de leur trotskisme latent et que j'essaie de leur faire lire Stirner ou Zo d'Axa. J'ai envie de taper. Je ne peux pas. Mais taper quand même.

— Eh bien moi, madame, je vais aussi vous noter. Votre correction, sans doute effectuée dans le train qui vous ramenait de votre maison de campagne dans le Perche, je lui donne une note, « deux ». Vous êtes professeur de lettres et non directeur idéologique dans un quelconque goulag.

— Veuillez sortir immédiatement.

Je me suis levé. J'ai rangé mes affaires. J'ai pris ma veste. Tout à coup je me suis aperçu que je l'aimais bien cette veste, à la fois ample et fripée, chaude. Une demi-saison. C'est ma mère qui me l'avait payée, deux mois avant. J'avais refusé de la mettre, au moins quinze jours. J'étais content, quand même. Juste après il y avait le cours de maths. L'horreur. Le sommeil permanent, les yeux sur la montre, une odeur mentale de vomi.

Je suis passé devant elle.

— Nous réglerons ça dans le bureau de madame le proviseur, elle a sifflé.

Elle assoit son pouvoir. Ça, je ne le lui reproche pas. Normal. Sans le maigre ascendant qu'elle a sur nous, elle n'est plus grand-chose, cette prof. Ce que je ne supporte pas, c'est la note, ce « un ». C'est une erreur, une méchanceté. Du sadisme gratuit. En plus, elle est persuadée que c'est pour mon bien. De la merde, oui.

— Il faudra au moins ça, j'ai répondu.

— Sortez !

Je suis sorti. Complètement. De la classe, du bâtiment, du bahut. Quitte à sortir, je me suis échappé. Je me suis retrouvé dans la rue, devant moi, Saint-Étienne-du-Mont, sortant du temple du savoir on tombe sur une église, comment s'en sortir ! J'ai pris la rue Valette et j'ai descendu la colline. Agité, j'étais, heureux. Je dévalais la pente. Comme une descente d'acide. Comme à Rome. Fallait descendre une des collines pour se retrouver avec le populo. Moi, j'allais vers Maubert. Pas vraiment le peuple avec ses appartements à deux briques le mètre carré. Huit briques la chiotte. Impossible d'y voir des barricades. Pourtant j'ai lu qu'il y en avait eu, un certain mois de mai. Difficile à croire.

Les autres sont en maths, maintenant. En

plein dans l'intégrale. Moi, je vais aller au café. Sur le boulevard Saint-Germain.

Juste après Saint-Nicolas-du-Chardonnet, le Saint-Pierre des fachos. Quand je parlais du côté romain du coin.

Ma mère va faire la gueule, mon père ne dira rien, il est trop à se demander si Glenn Gould avait raison. Comme moi avec Flaubert. Je vais recevoir un avertissement ou un truc comme ça.

Ma sœur va remettre son walkman en souriant. Peut-être qu'on va me dire que pour la terminale, j'aurai intérêt à me choisir un autre bahut. Montaigne, je déteste. Faut se cogner le jardin du Luxembourg. Je hais. Ça fait Vichy, ville d'eau. Les rosiers que pourraient venir admirer les vieux croûtons, quand Monory leur demande poliment, pour la récré. Je défend le Jardin des Plantes, moi.

On verra bien. Je m'en fous. Et si je m'en fous, c'est que je suis encore en colère. Je m'attable dans un petit café pas loin de la rue de Pontoise. La piscine honnie. Qui pue. Avec les maîtres nageurs qui se moquent des petites filles qui coulent. Je bois mon jus. Puissant arrière-goût de godasse usée. Les lycéens boivent énormément de café et de limonade. Parce que c'est ce qu'il y a de moins cher. Bon. Je vais aller au cinoche. Y a bien une séance vers midi dans le coin. Le Quartier latin. Rome encore. Mais traverser ce no man's land rempli de fringues et de godasses me tue à l'avance. Je vais aller dans l'autre sens. Le Muséum, peut-être, avec la statue que j'adore, Orang-Outang étranglant un sauvage de Bornéo. Je connais par cœur. La Seine. Le quai Tino-Rossi. Les sculptures sur lesquelles on guette, jour après jour, les progrès de la rouille. Les bateaux-mouches qui font un tour complet autour de l'île. De l'autre côté, la rive droite.

L'inconnu. Mon père dit toujours, de l'autre côté de la Seine, c'est l'obscène. On rigole. C'est vrai que je n'y vais jamais. Non, je vais aller chez moi. M'enfermer dans ma chambre. Me repasser un vieux Toots and the Maytals. Fumer un peu. Ça va me détendre. J'ai une dissertation à faire pour la semaine prochaine. Ça va cogner. Qu'importe le sujet. Je vais faire un truc sur le « un ».

L'unité. Les Huns. J'aurai zéro. Le degré zéro. Le degré zorro.

J'ai payé mon café, dix balles, et je suis sorti. Plus loin, dans le sens du courant, vers Saint-Germain-des-Prés, c'est vingt-cinq balles.

Dehors, sur le trottoir, à vingt mètres, la prof. Cette vacherie. Elle m'a vu. Impossible de me défiler. Un court instant, j'ai pensé à cavaler, ça ne passerait pas pour une fuite, plutôt pour une fin de non-recevoir.

— Je vois, on sèche, elle dit en souriant.

— Vous m'avez mis à la porte.

— De mon cours seulement.

— Pour moi, la porte c'est la porte. Y en a qu'une.

— Vous avez réponse à tout, hein ? Ça vous rassure ?

Je ne réponds pas.

— Si ça peut vous rassurer, c'est déjà ça. Je vais manger. Je vous invite.

Tout sourire.

— Un cours particulier ?

— Non, c'est toujours triste de manger seule. De bouffer seule, comme vous diriez.

J'ai réfléchi. Un repas à l'œil, toujours ça de pris. Au resto. Chez moi, c'est ambiance micro-ondes et réchauffé. Qu'est-ce qu'on a eu hier soir ? Aubergines au parmesan. Houlà.

— D'accord. Vous ne me ferez pas la leçon.

— C'est mon genre, tiens.


Un petit rade tranquille et sombre du côté de la rue de Poissy. J'ai pris des pâtes au jambon et une salade. Elle, le plat du jour, du gigot. Je déteste le mouton, le goût du mouton. Elle a commandé du vin. J'ai dit que j'en prendrais un verre, pas plus.

— Pour ce matin...

Elle attaque direct.

— Je passe l'éponge. Il n'y aura pas de remarque au proviseur.

— Je vous remercie mais je m'en fous.

— Va falloir changer d'attitude parce que ce n'est pas possible de se foutre de tout comme vous dites, vous êtes un élève intelligent, en tout cas assez pour comprendre qu'il faut faire un petit effort face à l'institution.

— J'avais dit pas de leçon.

— Après on n'en parle plus. Mais vous n'avez pas beaucoup à tenir, un peu plus d'un an, ça serait trop bête de…

— De quoi ?

— De tout gâcher.

— Mais je ne gâche rien. Je dis ce que je pense, je vis, je sens.

— De grands mots.

— Ce sont les miens.

— Monsieur réponse-à-tout.

Elle s'est servi un grand verre de pinard. Puis elle a rempli le mien, à moitié. Elle a bu lentement. À travers le verre, ses yeux bleus étaient un peu plus gros. Et la grosse tresse un peu russe, sur son épaule.

— Vous habitez où ?

— Chez mes parents. Dans le coin. Un peu plus haut.

— Vous avez de la chance, déjà. Le faubourg Saint-Germain.

— J'y peux rien. Ce sont mes parents. Vous alliez me dire que ça ne serait pas pareil si j'étais né dans le 20e ?

— Non, je n'allais pas vous dire ça. Mais c'est vrai. Il ne faut pas se le cacher.

— Si j'étais né dans le 20e, je serais dans un bahut pourri où il y a des profs qui ne pensent qu'à une seule chose, passer dans un lycée tranquille.

— C'est parfois vrai, mais il y a aussi des profs formidables dans les bahuts pourris, comme vous dites.

— Langue de bois.

— Non. J'ai connu ça.

— Vous pensez que vous êtes une prof formidable ?

Elle a souri, n'a pas répondu tout de suite, sa tranche de gigot arrivait devant elle.

— Et vous ?

— Je vous l'ai dit ce matin. Je ne méritais pas « un ». « Huit » ou « neuf », peut-être.

— On ne va pas reparler de ça.

— Vous êtes pas mal comme prof pourtant. Je me suis jeté sur mes nouilles.

— Physiquement, je veux dire.

— Ne dites pas de conneries, je ne suis pas Gabrielle Russier.

— C'est qui Gabrielle Russier ?

— Laisse tomber. Je te tutoie, je peux ?

— On est en république.

— Bof ! Si peu.

Le jambon, ça devait être du parme. Excellent. J'ai bu un peu de vin. Excellent. *In vino veritas*, disait Kierkegaard.

— Évidemment, de ton quartier, ça ne se voit pas.

— Quoi ?

— Qu'on n'est presque plus en république.

Fallait réagir, c'est là-dessus qu'elle me cherchait et qu'elle me chercherait toujours.

— Mais je m'en fous de mon quartier. J'ai pas marqué Saint-Germain, là... Je ne suis pas un minet. Les fringues, les riches, les restos, tout ça. Je ne me sens pas de Saint-Germain, merde. La plupart du temps, je suis au lycée, ou dans ma chambre. Le quartier, je m'en fous, je ne vais pas dans les bistrots, j'vais peu au cinéma, et d'ailleurs le cinoche, maintenant, ce n'est même plus là... je suis pas un fils de riche, je suis juste le fils de gens qui habitent là depuis trois générations... Et je vous ferai remarquer qu'il y a quand même plein de librairies, dans le coin, ça sauve quand même un peu le quartier !

— Ça c'est sûr, y'en a plus que dans le 20$^e$.

— Mais vous me fatiguez avec le 20$^e$ !

Qu'est-ce que vous avez avec le 20e ? Vous y habitez ?

— Oui.

— Eh ben déménagez !

— Tu sais combien ça coûte, le mètre carré dans ton quartier pourri ?

— Non. Et je m'en tape. N'importe comment, je pourrais rien m'acheter, y compris dans la pire banlieue pourrie de Châteauroux.

— Pourquoi Châteauroux ?

Elle était devenue un peu blanche, tout à coup.

— J'ai dit ça comme ça.

— Je suis née à Châteauroux.

Je me suis marré. Des fois, le hasard…

— Bon. Châteauroux, je retire…

Là, des anges sont passés, comme on dit dans les prix Goncourt. Elle me regardait assez fixement. Elle avait fini son gigot, et moi j'avais encore des pâtes et c'était assez infamant de bouffer tout seul, j'ai trouvé. Mais, en finissant mon assiette, j'ai pensé tout à coup que ce n'était plus mon prof que j'avais en face de moi, mais un peu aussi une femme. Une femme que rien n'obligeait de partager son repas avec un jeune crétin. Alors, peut-être qu'elle ne me prenait pas pour un crétin. Et je me suis lancé, en respirant intérieurement très fort.

— Vous pouvez être franche ?

— Oui. Quand j'en ai le droit.

— Je vous le donne. Qu'est-ce que vous pensez exactement de moi ?

— Vous pouvez me tutoyer.

— C'est difficile.

— Ce que je pense de toi en tant qu'élève ?

— Non, en tant que moi.

— Une espèce de jeu de la vérité ?

— C'est vous qui voyez.

Elle m'a regardé longuement. Ça devait carburer dans sa p'tite tête de prof. Elle devait peser le pour et le contre. Faire chier le jeune mais pas désespérer la jeunesse. Maintenir l'ambiguïté sinon c'est pas marrant. Amener un peu de perversité si possible. Et gagner la partie avec comme résultat tangible un allié possible, quelqu'un qui ne l'embêterait plus en classe. Un aveu camouflé en négociation.

Elle a respiré un grand coup.

— Tu es un garçon intelligent. Doué sans doute, je ne sais pas bien, tu te caches trop, c'est normal, ton âge le veut. Ce combat contre l'enfance qui s'en va et le monde des adultes qui te fait peur ou te débecte. Tu ne sais rien de l'avenir. Tu dois avoir une vague mauvaise conscience de tout ce qui va mal autour de toi, et peut-être dans le monde. Mais à certains moments uniquement. Sinon tu serais dans l'autre catégorie des gens de ton acabit. Les militants. Tu es au chaud dans la vie, mais tu penses souvent avoir froid, très froid. C'est ce qui te permet de ne pas être un imbécile. Tu es sans doute feignant, mais tu ne prends pas en compte ta paresse, tu la caches en décidant de ne pas t'intéresser à grand-chose. Tu es beau, c'est une chance. Je ne crois pas que tu aies une copine attitrée mais tu refuserais de parler clairement de la masturbation, par exemple. Ou de tes fantasmes. Là, tu ne sais pas choisir entre la chance d'avoir une jolie femme en face de toi, qui te parle clairement, ou un professeur qui cherche à t'amadouer. À force d'être sur la défensive, c'est rare que tu passes à l'offensive, sauf ce matin, et c'est ça qui m'a surprise. Et énervée, parce que tout à coup, j'avais tort. Je crois que tu devrais comprendre que, maintenant, hors de toi, il y a un monde, des lois, des règles avec lesquelles tu dois composer. Auxquelles tu dois décider de t'opposer. Ou alors que tu dois admettre de suivre. Tu es un adolescent qui est dans la pire période, celle où il se rend compte qu'il ne doit plus l'être et que ça commence à devenir dur. Tu fais toujours la part des choses même quand ce n'est pas nécessaire. Par exemple, je sais ce que tu penses de moi, c'est tellement prévisible. Tu crois que je suis en train de t'opposer le pire de mes pouvoirs, celui du discours. Celui du savoir. Tu as raison, c'est ce que je suis en train de faire, mais en même temps tu ne peux pas imaginer par exemple que je pourrais, là, en face de toi, t'imaginer nu, dans la pénombre de ta petite chambre du faubourg Saint-Germain, et moi, en train de te sucer. Ou alors, si t'es capable de penser ça, tu le ferais d'une manière un peu salingue, macho, lamentable, genre film porno. En t'interdisant de penser ça. Et puis tu ne comprends rien à Flaubert, c'est bien ça le problème, ta sortie sur Darien est typique de l'ado en fausse rupture de ban. Prendre en compte Flaubert, ce n'est pas du tout devenir adulte, c'est admettre une certaine forme de combat et de lucidité. C'est décider de lire. De savoir lire. Et puis, de citer Darien, c'est aussi une façon un peu inédite, je l'avoue, de te moquer de tes camarades, de leur dire, je suis au-dessus, ou ailleurs, et tu ne vois pas que, dans le tas de tes camarades, il y a des gens aussi forts, aussi intéressants que toi. Mais tout ira bien. Tu es un privilégié. Tu feras des études. À la Sorbonne, sûrement, ou à Jussieu. Tu resteras longtemps dans le faubourg Saint-Germain, où tes ancêtres ont vécu. Et quand tu tenteras de prendre une chambre, ou un studio, y aura toujours un copain de ton père ou de ta mère qui t'en louera un, oh, pas dans le 20e, non, je te vois bien du côté de la rue Monge, ou vers l'Odéon. Et tu arpenteras les boulevards, les mêmes boulevards, et tu verras que les magasins de fringues sont remplacés par des magasins de godasses, que les cinoches disparaissent mais résistent quand même et qu'il y a toujours des librairies courageuses et que c'est pour ça que tu restes dans ce quartier, même si la banlieue y débarque à heures fixes. Tu vas peut-être te mettre à écrire. Quand tu seras sûr que tu n'es pas Rimbaud, et pour ne pas être Flaubert, tu feras à coup sûr des polars, ou de la science-fiction, si t'es moins feignant. Tu t'en sortiras et tu oublieras vite ta jeunesse, ce repas et tout ce que je viens de te dire.

Je l'ai regardée. C'était incroyable. Ses yeux brillaient. Elle était contente d'elle. Elle avait tout faux, faux sur toute la ligne. Je me suis composé une mine de chien battu. Genre le mec aplati. Alors que j'étais ulcéré de tant de bêtise. Je suis sûr qu'elle était heureuse et paniquée de m'avoir déstructuré.

Elle a avancé sa main vers la mienne, pour sans doute me caresser.

— À toi, elle a dit. Qu'est-ce que tu penses de moi ?

En un éclair, j'ai vu ma réponse, claire, nette.

À toute vitesse, j'ai pris ma fourchette et je la lui ai plantée, avec une violence incroyable, en plein dans le dos de sa main. J'ai senti que les dents traversaient la chair et rencontraient le bois de la table.

Je me suis sauvé du restaurant. Derrière moi, comme un parfum, un horrible cri de douleur.

Jean-Bernard Pouy, « Un », in *Paris, rive glauque*, Paris, © Éditions Autrement, collection « Littératures/Romans d'une ville », 1998

## Alibi

La grande dune de Carcans-Plage est âpre à l'escalade. Les pieds s'enfoncent dans le sable et l'effort est double. Mais l'iode puissant venant du large emplit les poumons, les décape et électrise le cerveau. Alors la grimpette est agréable. La sueur coule dans le dos, mais la poitrine reste fraîche. L'air devient si pur que l'on voit à des dizaines de kilomètres, et quand on arrive en haut de la dune, c'est comme si on était en haut du Monde, les quatre éléments sont là, l'air, l'eau, le sable, et, bien sûr, le feu au-dessus de la tête.

Zoj vient ici presque tous les dimanches. Il se force à faire, depuis Bordeaux, les ennuyeux kilomètres sur la Honda en espérant qu'elle ne serre pas sur les longues lignes droites entre les usines, les hangars et peu à peu les hautes herbes, et quand il arrive vers Maubuisson, quand il voit le lac scintillant sur sa droite, il se libère, respire ce qu'il peut, tant mieux, il est près de la mer. Dès qu'il voit les pins, tout va bien, la moto peut exploser, il s'en fout, les cinq ou six kilomètres le séparant de l'immense plage, celle qui joint le nord au sud, il pourra toujours les faire à pied. Au cas où. Sous les arbres, il fait frais. Et la lumière est blonde, tamisée. Une douceur incroyable baigne le monde et tous ceux qui s'y meuvent.

Ce matin, dès qu'il était arrivé dans la pinède, il avait roulé au ralenti, prenant, avec la moto presque silencieuse à bas régime, les pistes cyclables. Il n'en avait pas le droit, car c'était réservé aux hommes sans moteur, aux cyclistes, mais le Droit, il s'en fichait un peu, il avait l'habitude de le côtoyer, le Droit, qu'il soit de droite, de gauche ou du Milieu, il franchissait souvent la ligne blanche, il était gitan, pauvre et livré à lui-même, il habitait sous le pont de l'autoroute, à Bacalan, pas très loin de la base sous-marine, dans la banlieue Nord de Bordeaux, un de ces quartiers où l'on sait que les gens et la loi ne s'embrassent pas sur la bouche. Et ces durs moments de la vie de semaine, à gagner sur l'adversité, à faire face incessamment, à jouer avec le monde, à convaincre l'autre, à déjouer les pièges de la rumeur, à rendre toutes ces poules qu'il n'a pas volées, eh bien, il fallait qu'au moins quelques heures il puisse les oublier en s'allongeant sur le sable, quand il commençait à faire beau, en dormant, du sommeil léger des gens sur le qui-vive, à quelques enjambées de la mer, en se laissant vivre, en sentant, sous lui, le poids de la Terre. Et quand il écartait les bras, quand il mettait ses paumes sur le sable, quand il regardait le ciel, il avait toujours l'impression extraordinaire de soutenir le Globe, de le porter comme un dérisoire Atlas, de l'empêcher de continuer sa course folle, et ça valait bien une réinsertion, ces moments dominicaux, et de plus il était seul, seul enfin, loin des cris de la famille, de la meute, des engueulades et des insultes, et il n'entendait plus les possibilités fumeuses de petits arrangements avec les vivants qui encombraient le reste des jours.

Alors Zoj, ce matin-là, grimpait la dune de Carcans-Plage, et il avait quitté le chemin balisé par des rondins de bois servant de marches aux plus faibles ou aux plus fatigués, le soleil tapait, il n'y avait presque personne. Les touristes et les vacanciers, ceux qui ont le droit de travailler à heures fixes et de se reposer à d'autres heures, tout aussi fixes, n'étaient pas encore arrivés. Il escaladait la dune, écrasant quelques pousses d'oyats et d'herbes des sables, marmonnant entre ses lèvres une ancienne rengaine de La Mano Negra. Arrivé en haut, c'était comme s'il parvenait au-dessus d'un volcan, le fracas de la mer le saisit presque d'un seul coup et il écarta les bras, sortit de son sac de toile une canette de bière et s'assit sur le sable brûlant.

Et tout disparut dans le temps tout à coup ralenti à l'extrême. Il n'y avait plus que le bruit des vagues, le vent, et le grondement lointain d'un avion à réaction. Quelques personnes, en bas, sur la plage, petits points agités et tremblants. La marée était presque basse, pas tout à fait, Zoj connaissait les limites de son recul et il restait encore deux ou trois heures avant que les vagues reviennent vers le haut des sables, poussant quelques bouteilles plastiques et déchets venus du sud, d'Espagne, ou de la côte basque.

Zoj s'allongea un instant pour se chauffer comme un lézard, avant de descendre vers les embruns.

Et c'est alors qu'il entendit les rires, perlés, joyeux, pas loin. Les mêmes que poussait sa petite sœur quand, le soir, dans la caravane, il imitait Laurel et Hardy. Zoj se dressa sur un coude, regardant autour de lui, et ne vit que du sable, des herbes vert pâle et, entre deux courbures de dune, un point rouge. Un vêtement, un foulard, quelque chose d'enlevé, quelque chose de posé plus loin. Alors Zoj imagina tout de suite des corps, nus sans doute, allongés comme lui, plus loin, sous le ciel, des corps qui étaient dans le rire et le plaisir. Et Zoj se fit son cinéma, il n'y avait pas beaucoup de possibilités. Des gens s'amusaient, se frottaient le lard, et impunis, se donnaient sans risque au monde. Zoj se vit coincé dans un rôle qu'il n'aimait point. D'abord, il aurait voulu être seul, ne rien entendre, et ne pas bouger c'était subir, de longs moments, les gloussements de personnes qui ne les tairaient pas, se croyant seules. Et d'un autre côté, ces personnes rieuses, joueuses, risquaient bien évidemment de s'apercevoir de sa présence et alors il passerait pour le mateur de base, et avec ses cheveux longs, sa peau plus bronzée que la moyenne, sa maigreur de démuni, il aurait droit, encore et encore, à ces regards, ces mots, peut-être ces coups qu'il savait depuis toujours encaisser ou éviter. Il réfléchit à toute vitesse, fut sûr de ce qu'il pensait quand il vit s'envoler dans le ciel une autre pièce de vêtement, rouge aussi, il n'y avait plus de doute. Alors il se dit que la seule solution, c'était de se lever, de marcher sur eux et de s'excuser à l'instant de la rencontre, comme si c'était un hasard, et puis de partir, plus loin, vers le bas de la plage, sans se retourner, comme le promeneur de base, pour éloigner toute mauvaise pensée. Et alors sentir, derrière soi, des regards rassurés, des ondes qui disaient que c'était effectivement un hasard et baste.

Et c'est ce qu'il fit, il marcha dans le sable et dit oh pardon, excusez-moi et il bifurqua vers le bas de la plage, ses pieds s'enfonçant dans le sable, glissant plus qu'il ne marchait, et dans la tête, ces images qui resteraient sans doute long-temps, l'image de ces deux filles, très jeunes, d'une incroyable beauté avec leur peau un peu cuivrée déjà, et toutes les parties nécessaires aux corps de jeunes filles et ce qui était beau c'était tout ce qu'il avait vu sans voir, tout ce qu'il avait perçu sans détailler, ce coup d'œil embras-sant une totalité sans pouvoir, enfin... bon. Et puis de légers détails, incongrus, le tatouage sur le haut d'une fesse blonde, un petit aigle bleu et rouge, ça il l'avait vu, et magnifiquement vu, comme si ce petit oiseau contenait le Tout, toute cette beauté, cette nudité, et bizarrement, il en avait été extrêmement ému, mais pas comme on croit, plutôt comme une évidence, comme si toute cette beauté était en soi, ne devait pas être dérangée, et il pensa qu'elles avaient de la chance, ces jeunes filles, de jouer et d'aimer, et en aucune manière, il n'avait eu de mauvaise pensée, non, il avait descendu la falaise de sable, heureux, satisfait d'avoir vu quelque chose de beau et de calme dans le monde, quelque chose qui allait bien avec ce jour ensoleillé, qui allait avec la vague, avec le sable sec, avec les oyats qui se balançaient mollement dans le vent, avec ces deux petits nuages isolés dans le ciel bleu métallisé, et il se mit à courir vers l'eau, content, soulagé de savoir qu'à cet instant tout allait bien partout, lui, les deux jeunes filles là-haut, et l'océan, et l'ordre et le désordre.

Il se jeta dans la première vague tout habillé.

Le retour fut plus difficile. Il avait pris un coup de soleil, en attendant que le soleil sèche ses vêtements, il le sentait sur ses épaules en conduisant la moto, et au fur et à mesure que la campagne, la nature, laissaient place aux maisons, aux ateliers, aux usines, à la ville, il fut de plus en plus mal à l'aise, de plus en plus triste, la Cité revenait en lui, et lui revenait dans l'urbain, et la vie allait reprendre ses droits, pour une semaine, et même quand il tentait de remettre dans sa tête ces images de la dune, le corps de ces jeunes filles, le soleil, le petit aigle rouge et bleu, il n'y arrivait pas, tout s'estompait, dans le bruit, et puis, après, dans le vision de Bacalan qui se rapprochait, et cette foutue baraque de Le Corbusier, au loin, et le pont de l'autoroute où les voitures couraient comme des fourmis sur une matraque de gendarme.

Autour des caravanes, de part et d'autre des baraques du campement, il vit les Bleus, une dizaine de cars de CRS et des voitures de police. Encore une fois, une descente, une rafle, où des copains allaient morfler, avec les parents qui hurlent et les petits enfants qui se cachent, encore des emmerdes qui allaient durer des jours et des jours, jusqu'au retour des embarqués, qui reviendraient du commissariat ou de la prison avec les yeux brillants, initiés qu'ils étaient, et à jamais différents des autres. Et très vite, aussi, il comprit que c'était chez lui, enfin chez lui, dans le périmètre où sa famille, sa meute, régnait en propriétaire, que ça s'agitait le plus. Un instant il eut peur qu'un de ses frères ait fait la bêtise du siècle, celui-là quand il faisait le con, il était vraiment très con, ou une des sœurs, va savoir, et donc il entra dans la danse avec la ferme intention de s'en mêler, comme d'habitude, l'invective au bord des lèvres, les poings serrés, pour faire corps, pour faire de son corps un barrage, on savait comment faire dans ces cas-là, et généralement ça se terminait en nouba générale, en baston et puis en nuit au poste.

Mais il vit le monde s'arrêter, les cris se taire, les visages blanchir quand il déboula au milieu du groupe où il y avait sa famille et beaucoup de policiers. Il comprit que c'était pour lui, Zoj, que tout ce raffut était organisé. Et, sonné, il ne broncha pas quand de puissantes mains l'enfournèrent dans un fourgon qui démarra aussitôt. Il n'entendit presque pas les cailloux et autres projectiles s'abattre sur le fourgon.

Plus tard, devant le bureau d'un inspecteur exténué, un peu suant, l'œil mauvais, il sut qu'il avait été dénoncé, par qui ? va savoir, un ami, un copain, quelqu'un qui pouvait dire son nom, quelqu'un qui l'aimait suffisamment pour le mettre dans cette situation. L'après-midi, Zoj apprit qu'il avait donc participé à un cambriolage monstre dans un Cuir Center de Pessac. J'étais au bord de la mer, à Carcans, répondit Zoj. Je peux le prouver. J'étais pas tout seul. Y'avait deux... Et il se tut. Tout à coup. Dans sa tête, la beauté était revenue. Des détails, des bouts de corps, le petit aigle, et puis des yeux, un sourire, et aussi un regard inquiet, un peu paniqué, mais pas de honte, non, pas de honte, une petite peur, mais pas de honte, et des yeux verts qui s'étaient baissés quand il avait dit oh pardon.

Zoj ne se voit pas, là, maintenant, ne se sent pas de dire à ces flics tout ce qui pourrait le sauver de son mauvais pas, car il se persuade qu'il préfère laisser la beauté là où elle est, et se démerder avec sa laideur présente, qui est aussi celle du monde et celle des temps, et qui aura du mal à changer. Et quand, dans un sursaut ultime, il leur dit qu'il a attrapé des coups de soleil, et que le laboratoire de la Police peut faire son enquête, que ses vêtements sont imprégnés de

sel et que ça ne doit pas leur être trop difficile
de prouver que ça date de l'après-midi même,
les flics se marrent, mais se marrent !

Mais Zoj s'en fout.

# DU MÊME AUTEUR

# COLLECTION FOLIO POLICIER

*Composition Interligne*
*Impression Novoprint à Barcelone,*
*le 3 juin 2005*
*Dépôt légal : juin 2005*

ISBN 2-07-030502-3/Imprimé en France.